NOUILLES FROIDES À PYONGYANG

Né en 1959, breton d'origine, Jean-Luc Coatalem est écrivain et rédacteur en chef adjoint au magazine *Géo*. Il est l'auteur notamment de *Je suis dans les mers du Sud*, une enquête passionnée sur Paul Gauguin récompensée par le prix des Deux-Magots, *La Consolation des voyages*, et *Il faut se quitter déjà*. Il a également reçu en 2012 le prix Roger-Nimier pour *Le Gouverneur d'Antipodia*.

Paru dans Le Livre de Poche :

La Consolation des voyages

Le Dernier Roi d'Angkor

Il faut se quitter déjà

Je suis dans les mers du Sud

JEAN-LUC COATALEM

Nouilles froides à Pyongyang

RÉCIT DE VOYAGE

GRASSET

ISBN : 978-2-253-17479-0 – 1re publication LGF

« — On y va, Jarl ?
— On y va ! »

Herman Melville, *Mardi*.

Ces notes ont été prises au jour le jour dans un (discret) carnet de poche lors d'un périple en Corée du Nord effectué au printemps 2011. Dégagé du souci illusoire d'embrasser la complexité d'un tel pays, affaire d'historiens ou d'observateurs spécialisés, mon propos se voulait plus modeste : raconter ce que l'on voit du « paradis rouge » ou plutôt ce qui, dans un cadre très contrôlé, en était dévoilé. En quelque sorte, un journal de voyage, attentif mais distant, amusé parfois, jamais dupe, dans ce royaume énigmatique dont un diplomate américain affirmait récemment que l'on en savait moins sur lui que sur nos galaxies lointaines.

Depuis, Kim Jong-il, le « Cher Leader », appelé aussi le « Cerveau parfait », a trouvé la mort en décembre 2011 dans son wagon blindé. Il a été remplacé par Kim Jong-un, son fils, trente ans à peine, un total inconnu, après des scènes d'hystérie collective qui ont fait le tour des écrans. Si, entre deux apparitions dans des parcs d'attractions, le jeune homme joufflu et souriant a semblé montrer un désir de réformes (il est vrai que son économie est laminée), celui qui est devenu le « Grand Successeur », autopromu général puis maréchal des armées, a poursuivi derechef les essais balistiques et le programme nucléaire de ses aînés. Qu'il ait épousé une ex-starlette de la pop, la jolie Ri Sol-ju, autorisé l'usage du vélo et les chaussures compensées pour les Nord-Coréennes, ne pèsent guère. A ce jour, ce changement calculé d'image n'affecte en rien sa politique de fond et l'assise de sa dynastie. Un étau de fer étrangle toujours ce pays reclus où, sous un régime parmi les plus répressifs du monde, derrière des frontières verrouillées, hérissées de miradors, la majorité de la population survit dans une prison à ciel ouvert.

Clorinde n'a jamais voyagé. Je soupçonne même que cet ami, couronné jadis d'une flamboyante chevelure rimbaldienne, ne craigne l'avion. Il n'aurait quitté notre douce France qu'à trois reprises. A cinquante-six ans, voûté et le crâne ras, il a pourtant gardé fière allure et, du haut de son mètre quatre-vingt-douze, en impose encore. Volontiers ironique, souvent silencieux comme une ammonite, il peut paraître abrupt. Mais Clorinde cache son jeu : à l'usage, il se révèle sentimental et charmant comme un enfant.

Depuis des années, cet amateur de tweed et de lin, collectionneur de souliers à façon, ne quitte plus guère les deux arrondissements contigus de Paris où il vit et travaille. Une réussite dans les affaires ayant conforté son goût pour l'indépendance et renforcé son esprit casanier, il ne s'adonne qu'à ce qui lui plaît dans son périmètre délimité et choisi. Ce riche célibataire a ses raisons, il se fiche du reste. Mais, après un pépin de santé et des peines de cœur, il ressentait des fourmis dans les jambes. Il était temps pour lui de se laisser glisser, curieux, confiant, à la rampe des longitudes. En gros, se persuadait-il, d'aller voir plus loin et tâter un peu le monde…

Ce jour-là, dans un café proche du Sénat, nous reparlâmes de la Corée du Nord où je devais aller faire un reportage – le pays des Kim l'intrigue et le fascine depuis toujours. Je lui expliquai que je me ferais passer cette fois pour un agent touristique en quête de nouveaux marchés, dissimulant aux autorités les raisons de mon séjour. Ça promettait un voyage amusant, décalé, hors normes. Clor feignit de réfléchir puis, m'ayant demandé dates et programme, me lâcha tout à trac :

— Ecoute, j'y vais un peu fort, mais si ça ne te gêne pas trop, je pourrais me greffer à ton périple : prendre les mêmes vols, réserver les mêmes hôtels que toi, en gros, te suivre en parallèle…

Tel un kangourou aveuglé par les phares d'un puissant 4 × 4, je tentai de reprendre mes esprits. Avais-je bien entendu ? Combien de fois mon camarade avait-il pris un long-courrier ? Jamais ! Et là, direct, un vol pour Pékin et un autre pour Pyongyang ? Fallait-il lui rappeler que, l'été, il ne se risquait guère au-delà d'un vallon du Languedoc, où il se cachait du soleil et de la foule pour bouquiner ?

— Tu es dingue ? Je te préviens que…

— Puisque je ne bouge jamais, autant frapper fort ! répondit-il avec superbe. Pour l'itinéraire, l'intendance, les transferts, tout le toutim, tu choisis, je te fais une confiance aveugle. Pour une fois, j'irai là où les autres ne vont jamais…

— Es-tu au courant de la famine sur place, des retombées de Fukushima ? Il suffit que les vents tournent dans le mauvais sens. Rien ne t'oblige, toi. Et, une fois que tu auras bouclé ta ceinture de sécurité, pas question de…

Grand prince, il balaya mes objections d'un revers de la main et nous recommanda deux noisette. Sa résolution paraissant sans faille, je finis par céder. A la réflexion, l'idée n'était pas si folle : comme dans une série d'espionnage, il me servirait de « couverture ». Et je serais moins seul dans mon équipée.

— L'ombre de ton ombre, m'assura Clorinde, dopé par son audace. Et puis, c'est tout de même la dictature la plus absolue que le monde ait pu connaître !

Sur les photos par satellite, la Corée du Nord, qui manque cruellement d'électricité, creuse son trou noir sur le globe terrestre. Zone de ténèbres. On transitera par la Chine, mieux éclairée.

— Au moins, on ne se perdra pas tout de suite, dis-je, pour jouer au malin.

A cet instant-là.

*

Il m'aura fallu donc mentir, tant pis, péché véniel. Sur ma profession d'abord puisque le pays des Kim est interdit aux journalistes qui ne sont pas invités par le gouvernement – deux envoyés d'une télévision américaine entrés illégalement en 2009, et accusés d'espionnage, ont écopé de cinq mois de prison sur place, et il a fallu la venue de Bill Clinton pour les libérer. Je serai non pas mandaté par une rédaction mais agent en charge de clientèle, *scout* indépendant, et je demande un visa officiel. Ma micro-société, pour laquelle j'imprimerai des cartes de visite, fait du consulting dans le domaine du tourisme et du loisir. A m'écouter, sur un rapport de mission, je peux, tel un castor habile détournant le bras d'une rivière, faire affluer une centaine de bons voyageurs français, suisses et belges, avides de découvrir n'importe quelle contrée. Pourquoi pas ce royaume démuni, paranoïaque et belliqueux, classé par les Américains dans l'axe du Mal ? J'ai des relations, du bagou, des connexions. Prenez ma carte professionnelle. Attention, l'encre n'est pas sèche.

Certes, je sillonne l'Asie et le Grand Est depuis longtemps. Les visas sur mon passeport en témoignent. Ces trois dernières années, je me suis rendu au Laos, au Cambodge, au Vietnam et deux fois en Chine. Le communisme asiatique, j'en connais un rayon ! Par ailleurs, j'ai été jadis employé dans une filiale d'Air France. Au besoin, j'en imiterai le vocabulaire technique, affrètements, nuitées et allotments. J'ai aussi une amie dans le secteur des guides touristiques, je ferai illusion. Non, messieurs les Nord-Coréens, croyez-moi, je n'ai jamais été l'un de ces pisse-copie qui salopent tout avec leur subjectivité ! Le risque d'être découvert ? Une interdiction d'entrer sur le territoire à Pyongyang, comme c'est arrivé à l'un de mes collègues à sa descente d'avion ou, plus embêtant, une expulsion *manu militari* en cours de voyage. On verra.

A Paris, deux voyagistes tentent sans résultat probant de « vendre » cette République populaire démocratique (RPDC, en coréen *Puk Choson*). Le premier a repoussé ma demande qui était simplissime : raconter sans fard, au jour le jour, ce que l'on peut voir de ce pays le plus verrouillé et le plus policier du monde. Ni plus, ni moins. En me persuadant par avance que, malgré tout, la Corée du Nord devait bien cacher sous sa chape de plomb quelques trésors : des montagnes acérées aux écharpes de brume, des lacs d'altitude, des glaciers bleutés, des cataractes, les rivages de la mer

Jaune, des pagodes gardées par des bonzes aux ombrelles de papier huilé, des tombeaux à fresques datant des anciens fiefs guerriers et des centaines de pavillons de bois disséminés parmi les pins graciles, les saules et les érables centenaires. Et peut-être, à force d'autarcie, des coutumes intactes comme ces fêtes paysannes où, parmi les carrés des rizières, on joue du gong et du tambourin à l'heure du repiquage. Je rêvais tout haut. Oui, car selon mon interlocuteur, c'était un coup à mettre à mal ses contacts. Il ne serait pas mon cheval de Troie. Et puis, me répétera-t-il, alors qu'il n'y a jamais mis les pieds, « même si vous avez raison, il ne faut pas avoir de préjugés, la Corée du Nord est plus plaisante qu'on ne le raconte, c'est même très beau, les gens formidables, on y mange bien, les paysages sont extra, mais ne comptez pas sur moi, je ne veux pas jouer aux imbéciles… »

Le second a accepté. A ses conditions : signer d'un pseudonyme anglais ou, pourquoi pas, scandinave, en publiant l'article plus tard dans l'année – va pour Julian Kent ou Olaf Askersund. Ne pas m'adjoindre de photographe. Rien de trop mordant dans mon article contre le régime des Kim. Enfin, « éviter d'avoir, comment dire, ce serait périlleux, des relations… appelons-les sexuelles, n'est-ce pas, avec des Coréennes, ça vaut la peine de mort ». Ravi, j'ai promis ce qu'on voulait, et réglé ce qu'il fallait. Restait mon visa à obtenir.

On m'avait prévenu : il y aurait un contrôle à Paris, une convocation, une batterie de questions. Au minimum, un entretien (un interrogatoire ?) avec des diplomates nord-coréens. Du coup, j'avais réenregistré mes messages de répondeurs, modifié mon adresse, falsifié les en-têtes de mes bulletins de paie, je devais les fournir ainsi que mon bulletin d'imposition fiscale, fait répéter à mon entourage ce qu'il y aurait à déclarer pour endormir un fonctionnaire trop zélé… Mais personne ne m'a appelé, j'ai glissé entre les mailles du filet. Ou plutôt c'est tombé sur Clorinde. Avec aplomb, il a expliqué que nous étions deux amis qui voyagions de concert, un commerçant et un agent de tourisme. Et il a fait illusion. De toute façon, mon camarade voulait *vraiment* se rendre en Corée du Nord pour son agrément – en tant qu'ex-militant trotskiste, il en a rajouté sur la beauté des lendemains qui chantent.

Nos visas chinois et nord-coréens sont délivrés. Nous volerons sur Air China à destination de Pékin puis, vingt-quatre heures après, vers Pyongyang. Une douzaine de jours, à l'intérieur du pays le plus cadenassé du monde. Et nous dedans.

A Roissy, Clorinde pousse le seul chariot de l'aéroport qui couine des quatre roues et roule de biais. Ne possédant pas de valise et n'ayant pas voulu en acheter (à quoi lui servirait-elle ensuite ?), il a serré dans une housse à costumes et deux grosses sacoches de médecin de campagne quelques affaires et trois Pléiade. Comme je lui avais suggéré de se munir de liquide, il emporte, fournie par sa banque, une brique de billets dans une enveloppe en kraft, deux cents coupures de cinq euros. Il est sapé comme un milord, veste en tweed et pochette cerise. Des souliers John Lobb en veau velours sapin. On passera pour deux gays – un risque de plus au royaume des Kim.

Nous quittons la France par le satellite 2. Ce serait mentir de dire que je n'éprouve pas une légère inquiétude. Grondement régulier de l'avion dans la nuit.

*

Plus tard… Sitôt sortis de l'aérogare de Pékin, nous voici dans une voiture climatisée, bagages dans le coffre, fonçant sur la voie rapide, j'avais réservé d'avance, inutile de se perdre dans le labyrinthe. Un peu de musique, pas trop fort, merci. Anesthésié par l'air climatisé qui souffle doucement dans l'habitacle, je somnole et reprends des forces sur la banquette tandis que les banlieues tentaculaires de la capitale chinoise, hérissées de buildings, se cristallisent sous un ciel grillé. Adroit, le chauffeur se joue des embouteillages. Il n'a pas d'états d'âme, juste une mission à remplir : nous emmener vite et à bon port. Il emprunte ou traverse les périphériques successifs, filant dans un Pékin fluide. Central.

Rien ne me plaît plus, au fond, que de gagner du temps, nous en avons si peu à nous, le voyage nous le rappelle. Ou de faire deux choses à la fois – le comble étant de dormir alors que l'avion fonce vers le pays espéré à neuf cents kilomètres-heure. Quant au décalage horaire, il est magique dans les deux sens : quelques heures en moins et j'aurai à revivre ce que j'ai vécu ; quelques heures de mieux à ajouter au cadran, je ne sentirai pas ma fatigue, restant en forme tard dans la nuit. Autant d'instants gagnés que je dépenserai à ma guise. Nous arrivons déjà à l'hôtel…

En dix minutes, je suis installé dans ma chambre, ex-résidence d'un général transformée en hôtel familial, district de Dongcheng, à l'est des lacs. L'agencement de cette maison basse, briques grises et toit cornu, me rappelle celle qu'occupait l'écrivain Victor Segalen au début du siècle dernier, en marge du carré des Légations, que des photographies d'époque ont montrée « dans sa quiétude géométrique » : une cour-jardin, des lions-gardiens en pierre, des pièces rectangulaires et aérées. Ici aussi, le rez-de-chaussée est surélevé de trois marches larges, ponctué de pots en céramique avec des arbustes. Les portes sont en bois rouge et, à l'intérieur, en papier opaque. Il y a sous des calicots couverts d'idéogrammes des meubles droits et luisants comme dans le bureau où l'auteur de *René Leys* rabâchait son mandarin. Et dans cet îlot de *hutong*, à l'écart des vrombissements et des klaxons, on savoure à peine arrivé cette sensation de protection et d'apaisement.

J'ai fait du change, ouvert mon bagage, pris une douche. Avant d'aller dîner (ou déjeuner ?) avec Clorinde, je m'accorde une heure de lecture – « le livre est un professeur silencieux et un compagnon de vie », n'a cessé de marteler Kim Il-sung, qui n'a jamais lu les bons auteurs. En prévision de ce périple, je n'ai emporté ni journaux (interdits), ni téléphone portable (il serait confisqué), ni ordinateur, ni même de lecteur MP3, hélas, alors que depuis des semaines je me passais en boucle les enregistrements de Bach par David Fray et les chansons de Jean-Louis Murat. Par contre, j'ai pris trois livres, a priori peu compromettants : *Les Eblouissements* de Pierre Mertens, des poèmes de Marcel Thiry, un autre Belge, où sur la couverture un éléphant d'Asie, soulevé par un palan, roule des yeux affolés, enfin *Mardi*, roman de Melville, que je me réservais. L'histoire d'un matelot qui s'ennuie à bord d'un baleinier et dont le capitaine lui serine qu'il peut s'en aller s'il en a assez, afin de « se laisser pousser par la brise vers les îles ensoleillées juste sous le vent ». Descendre ? Il le prendra au mot. Déserteur. Aventurier. Sa dérive en canot sera la matière du récit.

Heure conquise. J'en occupe les « blancs » comme un animal dans son terrier. Une employée qui gratte de son balai chacune des dalles me fait aimer sa chanson sèche. Dans une cage, un oiseau invisible essaie sa voix…

Clorinde cogne à la porte de ma chambre, il a faim, ce qui n'est jamais un défaut. Alors nous sortons dans l'air pékinois qui a goût de friture, de sable et de métal, ravis et éberlués d'être là alors que la veille nous déambulions dans les rues de Paris. Sur le toit-terrasse d'un restaurant, au-dessus d'un enchevêtrement arachnéen de fils électriques, immergés dans la tiédeur du soir qui s'étire, nous commandons des bières, des nouilles sautées au porc caramélisé et des liserons d'eau à l'ail. En dix minutes, nous voilà servis comme des ogres et nous mangeons de bon appétit. Pour tuer la soirée, il me reste ce billet de cent yuans, couleur bois de rose, bien suffisant pour un taxi qui nous fera faire un tour de ville et nous ramènera à l'hôtel. A l'angle du boulevard, nous hélons une minuscule voiture rouge aux appuies-tête en coton où Clorinde doit se plier en quatre. Comme Emma

Bovary se répétait qu'elle avait un amant, enfin un amant, mon camarade ne cesse de se dire qu'il est en Asie, déjà à Pékin, dans l'échiquier des avenues et des enceintes concentriques. Pris dans un bataillon d'automobiles coagulées, nous tournons lentement autour de la place Tianan men où le portrait de Mao domine la porte de la Cité interdite. A partir de ce moyeu central, c'est le vacarme de la Chine qui commence dans un brouillard orangé.

*

Diligent, le chauffeur qui assure notre transfert a fait enregistrer nos bagages, et obtenu pour Clorinde un siège près des issues de secours, avec de la place pour ses jambes. Il nous a remis nos cartes d'embarquement après avoir lâché, perfide :

— Méfiez-vous, ils vont peut-être vous garder.

Clor a refilé quand même deux billets à cet oiseau de mauvais augure.

L'avion d'Air China pour Pyongyang n'est pas plein. Nous avons évité de prendre Air Koryo, *black-listée* avec ses Iliouchine et ses Tupolev antédiluviens. Dans la carlingue, une quarantaine de passagers au plus : quelques Occidentaux, des techniciens ou des hommes d'affaires, et des Coréens du Nord. En groupes. Veste bleue et raide, ornée du pin's de Kim Il-sung sur la poitrine, on croirait des collégiens. Cette impression est renforcée par leur coupe de cheveux de garçonnet et leur taille modeste – le Nordiste faisant, en moyenne, vingt centimètres de moins que le Sudiste. Ce sont pourtant des « choisis » parmi les « durs »... car ils ont pu sortir. Mais ceux qui partent en mission reviennent (presque) toujours. En cas contraire, leur famille et peut-être leurs voisins seraient arrêtés et déportés. Le régime a inventé ce concept de « culpabilité par association » qui, emprisonnant les proches du fugitif, stérilise un milieu fertile à la sédition (« La semence des ennemis de classe, quels qu'ils soient, doit être éliminée sur trois générations », a décrété le leader en 1972). Difficile ensuite de vivre avec ce poids ! Certes, le transfuge sera libre, mais en poussant son caddie entre les rayons des grandes surfaces de Séoul ou en rêvant devant les boutiques branchées et hors de prix du quartier d'Apkujong, pourra-t-il oublier les siens jetés à cause de lui derrière les barbelés ?

Le délicat Clorinde savoure une page du délicat Paul Valéry (« monsieur teste *Monsieur Teste* ? ») alors que notre Boeing pose délicatement sa roue avant sur le tarmac. Par le hublot, nous avons aperçu des collines rabotées, couleur pain brûlé, un porridge de rizières à sec, des chemins entortillés comme des vipères. Parfois, des pylônes avec des câbles. Peu d'activité. Aucune circulation. Un camion crache derrière lui son panache de fumée – il marche au charbon, faute d'essence.

En ce début d'après-midi, comme toutes les après-midi de tous les jours de l'année, les deux pistes de l'aéroport civil et militaire de Pyongyang ne trahissent pas un trafic soutenu, sinon ce vol et un autre, plus tard, pour la Sibérie. Six hélicoptères de l'Armée font face à trois Mig de combat alignés, dont deux, sans bâche de protection, étincelants dans la lumière, sont prêts à décoller. A gauche, au milieu des manches à air, un bâtiment, surmonté d'un macaron en stuc, où s'étale la face géante de Kim Il-sung, le Président Eternel, tranche, massif et sans grâce dans l'air gris. Placardées partout, même sur les flancs de la navette qui nous cueille à la passerelle, des affiches annoncent le spectacle du Festival international du Printemps où, dans un style rappelant les publicités des années trente, deux Européens blonds et sveltes, lui en justaucorps à col argenté, elle dans un tutu rouge en corolle, esquissent un pas de danse…

Allons ! Je franchis la porte vitrée pour m'avancer vers les bureaux des douanes, derrière lesquels chaque *Nordcoreanus* porte au choix un uniforme bleu marine ou vert kaki. Je tends mon passeport au préposé à casquette soviétique. Echange de regards. C'est bien moi. Silence. Il consulte un fichier sur son ordinateur hors d'âge. Alors, contre toute attente, l'électricité saute. Tout l'aéroport s'éteint, bu par la grisaille… Que faire ? Rien, surtout. Comme les autres, il me faut patienter dans la file, sans trop bouger. On tousse. Mouvements de pieds. Quelqu'un risque une plaisanterie en anglais. Chaque minute paraît extrêmement longue. Puis il y a un claquement sec, les néons lancent un éclair vert et tressautant, ça repart, la pantomime recommence, quelque chose s'allume derrière les pupitres, le douanier se ressaisit, le tapis roulant devant nous gardé par deux soldats hoquette de nouveau les bagages étiquetés, j'obtiens mon tampon, récupère ma valise, et passe à la fouille. Moins chanceux, le Britannique devant moi devra laisser démonter son iMac au tournevis. La raison ? La crainte d'une bombe miniature importée sur le territoire, lui répond-on. Chaque téléphone portable sera scellé dans une pochette en plastique.

Enfin, je sors tandis que Clorinde attend son tour. Je fais dix mètres sur la terre de Corée du Nord. Et c'est de nouveau un grand silence comme si on entrait dans une poche de vide, une tache aveugle. Personne pour accueillir personne, ni adieux, ni retrouvailles – on ne part guère d'ici et pas grand monde n'y arrive. Ni voiture, ni moto, ni vélo. Aucune rumeur urbaine. Quelques silhouettes à peine, accroupies dans des champs boueux, devant six maisons au blanc sale coiffées d'un toit ocre aux pointes cornues. Des corbeaux en grappes. Autour d'un rond-point râpé, je compte une dizaine d'arbres nus et, derrière des barrières fraîchement repeintes, quatre estafettes de marque chinoise sous la lumière d'avril. Pas de vie réelle autour. On croirait un décor dont on aurait poussé jusqu'ici les modèles réduits, le carton-pâte, les buissons en mousse, le fil de fer. Les grosses ficelles.

Un homme finit par se détacher du mur auquel il s'appuyait. Il fumait sa clope avec un autre. Il nous dévisage, Clorinde et moi. Il n'a pas de panneau avec nos noms mais nous reconnaît sans nous connaître. Il se présente en s'inclinant. M. Kim sera notre guide. Il est francophone, malingre et nerveux, affublé d'une mèche trop longue qu'il ramène d'un tic de la main. Il paraît rapide d'esprit, sévère et cultivé. En tant qu'interprète, il a fait partie des délégations ayant suivi le Grand Leader en Afrique. Un proche du Parti.

Celui qui l'accompagne, et que je baptise M. Kim 2, est un personnage discret, plus petit, l'air d'un gamin trop vite mûri, avec la plupart du temps un visage inexpressif ou chafouin. S'il ne s'exprime qu'en japonais ou dans un anglais rudimentaire, il ne cherche pas pour autant à se montrer ni sympathique ni accueillant. Il porte un costume indigo en Vinalon – ce tissu synthétique, raide et brillant, mis au point par un savant local à partir du calcaire et de l'anthracite (!) – qui lui donne l'allure d'un gradé en civil, ce qu'il doit être. Il n'est d'ailleurs pas là pour égayer notre périple mais pour surveiller son collègue, régler les questions administratives. Du matin au soir, ce M. Kim 2 sera des nôtres, détachant des bons d'un carnet à souche et signant au passage je ne sais quoi, donnant des coups de fil sur son portable à je ne sais qui. Il possède un téléphone fonctionnant sur le réseau nord-coréen, dans lequel il murmure, prudent, main sur le combiné... Muet de naissance ou fort timide, un troisième camarade, trapu, tête ronde, au volant du camarade-véhicule, un minibus aux banquettes dures et aux armortisseurs sans pitié, complète notre escorte. Elle se révélera ultracollante et sans initiative.

Après nous avoir fait monter, le premier geste de M. Kim est de reprendre nos passeports pour en déchiffrer les pages et en viser les tampons comme s'il était lui-même douanier en chef. Puis il nous annoncera devoir les confier, via M. Kim 2, aux autorités pour « registration ». Lesquelles ? Réponse vague. Je tente de m'y opposer. Impossible. *Registration !* Nous ne reverrons plus les documents de notre séjour... Dès lors, ils nous tiennent car il n'y a pas en Corée du Nord d'ambassade ou de consulat de France. A qui se plaindre ? Repartir sans papiers ? Même si je parvenais en Chine, je serais refoulé. J'opte alors pour ce qui sera ma stratégie : avancer sans trop réfléchir, compter sur ma chance pour me faufiler, me répéter que le pire n'est pas sûr. Et me prosterner autant qu'il le faudra devant les trente-quatre mille statues du Grand Guide, couleur figurine de Mokarex. Celui à la face épanouie et au bras droit ouvert sur un avenir triomphal.

*

Effrayant. Ces six derniers mois, j'ai tout lu de ce qui a paru sur la Corée du Nord, en France et dans les journaux étrangers. Pour résumer : les échauffourées avec le frère ennemi, la Corée du Sud, n'ont cessé de se multiplier (torpillage d'une corvette sudiste, qui aura fait quarante-six victimes ; tirs d'artillerie sur l'île frontalière de Yeonpyeong ; démêlés musclés avec des réfugiés), la question nucléaire continue de poser problème, la famine s'est abattue sur le pays, meurtri par les inondations, la fièvre aphteuse, les récoltes calamiteuses et les restrictions internationales. Pire, les retombées de Fukushima, poussées par des vents inverses en cette saison, pourraient la toucher. Mais ça, au moins, on ne le saurait qu'après.

Il a été beaucoup question aussi dans la presse de Kim Jong-un, fils benjamin du leader, Kim Jong-il. C'est un gros garçon joufflu d'à peine trente ans. Il a été élevé incognito en Suisse, près de Berne, de 1996 à 2001, il parlerait allemand et un peu de français. S'il avoue être fan de Michael Jordan et de Jean-Claude Van Damme, il est aussi amateur de montres Rolex. Accessoirement, il aurait été patron des services secrets, puis propulsé vice-président de la Commission militaire du Parti, enfin promu général quatre étoiles sans connaître la chose militaire. Son armée est impressionnante sur le papier : la quatrième au monde, avec un million d'hommes sous les drapeaux et cinq millions de réservistes. Et dans les hangars et les bassins six cents avions, trois mille cinq cents chars de combat, soixante-trois sous-marins. Autant dire que le « Jeune Général », assisté par son clan, tiendrait les rênes de l'affaire familiale. Qui pourrait l'arrêter dans cette contrée étanche ? N'a-t-il pas à sa disposition, en plus de ses bataillons, tous les rapports, écoutes et filatures, sur les caciques du Parti ?

Son père, Kim Jong-il, est à ce jour malade, boiteux, affaibli par deux attaques cérébrales en 2008 [1]. On le dit lunatique, imprévisible, irrationnel. Il ne se souviendrait pas des décisions de la veille. Il porte une invariable tenue zippée, style « garagiste », moutarde ou gris-vert, des cheveux permanentés et des bottines à talons pour compenser son mètre cinquante-sept – en hiver, il enfile une doudoune rembourrée, type anorak polaire, gris métal, et une chapka en fourrure brune qui le font ressembler à un panda.

Pour ce qu'on en sait, Kim Jong-il aime le cinéma, les femmes, les vins de France, les voitures rapides, beaucoup son train blindé, les chevaux à cause des westerns, James Bond et Rambo, mais n'a jamais eu l'envergure de son papa à lui, Kim Il-sung, dont il a pris le relais en 1994. Confucianisme oblige, le fiston se substitua ce jour-là à son père mais sans le remplacer :

1. Il devait décéder en décembre 2011 lors d'une inspection en province et Kim Jong-un assure depuis la succession.

il s'ajouta à sa geste en la prolongeant. Comme une addition. D'autant que Kim Il-sung, devenu « Président Eternel », continuerait à conseiller son fils... par-delà sa mort, grâce aux forces de l'esprit. Personne ne fut choqué à cette idée. Après tout, le Patron ne prétendait-il pas avoir eu ses meilleures intuitions à travers des rêves prémonitoires ? Cela faisait longtemps qu'on vivait ici sous le règne de l'invraisemblable et de l'arbitraire – ainsi, parmi cent exemples, le calendrier nord-coréen a-t-il été recalculé à partir de l'année 1912, date de la naissance du leader, pour devenir l'an 1 du Juché.

A la disparition de Kim Il-sung en 1994 dont, secret d'Etat, la tumeur du cou avait été gommée sur les images comme sur les mosaïques ornant villes et villages, la télévision nationale diffusa en boucle de lents travellings sur ces foules éplorées, qui s'arrachaient les cheveux, se tordaient de douleur. Et les uns de surenchérir sur les autres dans la démonstration dès lors que le reporter approchait de leurs rangs émiettés. Sanglotant à son tour, bafouillant lorsqu'il n'était pas emphatique, le journaliste rappelait alors que, si des milliers de grues blanches étaient venues pour emporter à tire-d'aile le corps de l'auguste défunt vers son Olympe, le mont Paektu, équivalent du mont Fuji pour les Japonais, images d'archives en insert, elles y avaient renoncé devant l'accablement du peuple et ces torrents de larmes à en noyer les rues, les oiseaux migrateurs ne sont pas chiens. On conserva donc l'illustrissime dépouille parmi les frères humains et, à l'exemple de Lénine ou de Hô Chi Minh, le dictateur fut momifié dans son palais-mausolée. Depuis, en amicale villageoise ou citadine (*inminban*, groupes du peuple) ou en délégation corporative, chaque Coréen doit s'y recueillir plusieurs fois dans sa vie. Non sans émotion. La propagande, le décorum grandiloquent où les jeux d'échelle ne cessent d'écraser le camarade, l'absence de discours critique ou de regard extérieur, le jargon de la théorie nationale, le Juché, la peur la plus noire aussi, l'ont érigé en un demi-dieu solaire, inspiré et paternaliste. Il en est l'exact contraire.

Mais reconnaissons que le Kim suprême, le grand-papa, ce mort-vivant avec ou sans goitre, reste la pièce maîtresse de l'édifice. Tout aurait commencé avec lui. Dès 1932, selon l'histoire officielle, il a mené une unité de guérilla antijaponaise (mais, comme le prétendent certains, est-ce lui ou un autre dont il aurait usurpé le nom et le prestige ?), attaquant l'infâme qui colonisait avec brutalité son pays depuis 1910, pour prendre les rênes de la République populaire démocratique de Corée (RPDC) en 1948, avec le soutien de l'URSS. A la défaite du Japon en 1945, brisé par les bombes nucléaires, Américains et Soviétiques s'étaient précipités pour dépecer cette colonie nippone, et l'un comme l'autre n'entendaient plus lâcher le demi-morceau coréen dont ils avaient obtenu la tutelle.

Dans les années qui suivirent, devenu l'un des bras armés de l'expansion communiste, Kim Il-sung, soutenu par la Chine et l'URSS, se heurtera aux Américains, de même qu'au contingent international, dont des unités françaises, mandaté par l'ONU dès 1950, qui contrèrent sa poussée vers le sud. Après un million de morts sur trois ans, l'attaque de Séoul, la perte puis la reprise de Pyongyang, plusieurs épisodes meurtriers d'une « guerre-accordéon », la frontière sera reconfirmée sur le 38e parallèle et un cessez-le-feu obtenu. Un armistice sera signé en 1953. La zone démilitarisée, pourtant truffée d'engins de guerre, sépare depuis en deux la Corée. De part et d'autre de cette ligne, chacun croit détenir la vérité. Sans paix définitive.

Par la suite, la Corée du Nord s'est arc-boutée sur ses principes et n'a pas changé envers ceux qu'elle appelle les « salauds ». Caché derrière ses murailles et sa doctrine, le pays s'est autoverrouillé, assujetissant le peuple à un délire et à un culte de la personnalité exponentiels. Chaque citoyen serait réparti dans l'une des trois classes (les « durs », les « hésitants », les « hostiles ») et, en fonction de sa fiabilité personnelle et familiale au Parti, sur une échelle de cinquante et un échelons. Si les premiers niveaux rassemblent les proches et les alliés du pouvoir, cœur du régime, avec le droit de vivre dans ou près de la capitale, les derniers sont des parias, relégués ou laissés dans les provinces, potentiellement des opposants. Quant aux « hésitants » (ou « indécis » selon la traduction), masse a priori docile et neutre, ils constituent le ventre mou de ce peuple corvéable qu'il suffit de mener d'une main ferme. Mais mieux vaut être en haut de l'échelle qu'en bas ! Equivalant à une caste, le comble pour une société communiste, cette catégorisation féodale s'hérite de père en fils. Et si les intéressés n'en savent rien, les services administratifs et policiers en ont connaissance. Elle influera, dès la naissance, sur chaque destin.

Une obsession du sang pur est venue s'ajouter à ce puant vase clos – les unions avec des étrangers étant proscrites. C'est que nos gars des rizières, fils d'un peuple « ethniquement homogène », appartiendraient à une race élue, fiers et puissants descendants des royaumes anciens – et tant pis si, devant le rachitisme des jeunes générations, il a fallu revoir à la baisse la taille minimale pour l'incorporation militaire, soit moins d'un mètre soixante… Une fois par an, les spectacles d'Arirang, qui rassemblent des dizaines de milliers de participants, entendent plutôt montrer, au-delà d'une chorégraphie millimétrée, la répétition et la synchronisation d'un modèle idéal, figures multipliées du même Playmobil. Puisque « il y a des milliers d'années, sur une magnifique péninsule au milieu de l'Asie orientale, apparut l'une des premières races humaines, la race coréenne », comme l'explique l'Encyclopédie officielle. Ça rappelle des souvenirs. Non, le Kim n'est pas parfait.

*

Devant un demi de bière Ponghak, dans le bar de l'hôtel Yanggakdo, dont les parois de verre abritent des aquariums où agonisent des tortues et des rémoras couleur de pneu, M. Kim et M. Kim 2 n'y sont pas allés par quatre chemins. Après avoir fourragé dans sa serviette en skaï, le premier a sorti sous l'œil attentif du second trois feuillets et nous a annoncé, baissant la tête pour faire retomber sa mèche devant son nez :

— Euh… Le programme a été modifié, on va faire autre chose, tout est réorganisé. Départ après-demain, vous quittez la capitale dans l'après-midi, on fera près de mille kilomètres aller-retour dans les provinces. Vous avez la chance de voir de si près notre grand pays…

Et de pousser vers nous le planning raturé par une main qui n'était pas la sienne.

Ce qui avait été négocié et validé ligne à ligne depuis Paris, entre les services de Pyongyang et le voyagiste – notre présence aux défilés du 15 avril, jour du Soleil, l'anniversaire du leader, le spectacle de cirque, le festival de magie, le centre de bowling de la Ligne d'Or, l'excursion en bateau vers le barrage de la mer de l'Ouest – était soit décalé, de sorte que nous ne serions jamais là pour aucune manifestation, relégués en province, soit annulé pour des raisons fumeuses, fermeture, vacances et travaux. Un souci aussi dans les disponibilités des hôtels, prétexta M. Kim sans y croire. Téléphoner pour faire part de notre mécontentement à l'agence était inutile. De même que déranger son patron, il nous le déconseillait (un tic d'angoisse avait pincé son visage), le bonhomme n'aurait pas compris. Encore fallait-il pouvoir le contacter…

Allez, contre mauvaise fortune bon cœur, il ne nous restait qu'à aller dîner du bout des lèvres au Restaurant n° 2 et à nous reposer dans les étages où se trouvaient parqués les touristes, en l'occurrence une troupe d'acrobates et de clowns russes et biélorusses invités au Festival de Pyongyang, ceux que nous ne pouvions plus pour l'instant aller admirer dans leur rond de sciure. Demain, la journée commencerait tôt avec l'hommage à la statue du Leader Maximo, les fleurs n'étaient pas fournies, quatre euros chacun pour un bouquet obligatoire, du racket.

Besogne effectuée, M. Kim 2 se leva, nous remit nos clés et nous salua, laissant M. Kim nous mener jusqu'à l'ascenseur vitré dans lequel il finit par nous pousser, appuyant lui-même sur le bouton du vingt-deuxième étage. Il précisa, alors, bloquant la porte de son pied, sentencieux comme un maître d'école :

— Bien sûr, vous ne pouvez pas sortir de l'hôtel. Vous voyez, au bout de la promenade, ces lampadaires ? Ne dépassez pas le onzième et la barrière d'après. Vous êtes sur une île, l'île Yanggak.

— Si on se risquait ?

— Ne cherchez pas les problèmes, ce seraient les miens. Bonne nuit, messieurs.

Vite, allons nous cacher dans les ténèbres.

*

A neuf heures du soir, il n'y a, en effet, plus que l'obscurité. A croire que cette ville de plus de deux millions et demi d'habitants ne serait qu'un vaste décor inhabité, momifié depuis les années soixante – un quart de la population aurait l'électricité chez elle. Aucun bruit. De très rares voitures passent dans le halo sans éclat de leurs phares. Nulle fenêtre ou enseigne allumée sur des kilomètres à la ronde. Dans la nuit charbonneuse, je ne distingue plus que le phare scintillant du Juché (une flamme symbolique de quarante-cinq tonnes dressée à cent cinquante mètres de hauteur), les arches d'un pont, les mosaïques à la gloire des leaders que des spots illuminent par en dessous, et le reflet de nos étages qui marbre d'une lueur tremblée le fleuve Taedong, silencieux. Opaque lui aussi.

L'hôtel est quasi vide et ses couloirs de moquette rousse désertés. Trois étages sont éclairés – j'imagine qu'en fonction des remplissages, on les ouvre ou non, en regroupant les gens par nationalité, le reste du building restant clos. Parfois, l'ascenseur ovoïde se hisse vers les niveaux supérieurs avec son lot de visages graves et de chemises amidonnées. Personne ne s'adresse à quiconque. Chez les Coréens, arborant leur badge « Grand Leader », on ne sait jamais qui est qui. Ils portent des tuniques en Vinalon (bleu, bleu foncé, marron ou noir), sont coiffés à l'identique (deux coupes sont autorisées, les demi-chauves bénéficiant de quelques centimètres de plus sur la nuque), et cette sobriété fait ressembler les flics à des civils, les civils à des employés, et les employés à des apparatchiks… ou à des flics. La boucle est bouclée ! Cependant quelques-uns seraient d'authentiques touristes (vraies ou fausses baskets américaines) ou des hommes d'affaires, japonais et chinois (vrais ou faux mocassins siglés). Ou des agents déguisés. Par prudence, dans l'ascenseur, on ne fait donc que murmurer, en regardant la capitale rapetisser derrière la vitre mouchetée, au milieu d'un groupe unisexe de taille réduite – des sportifs, des musiciens, des militaires au repos, des comédiens ? –, dont on surplombe les crânes peignés, les oreilles fades, et le silence. Sage troupeau de coupables autant que de victimes. Inquiétant troupeau.

Ma chambre est propre et fonctionnelle, elle sent le produit d'entretien, offre deux lits parallèles, deux fauteuils bleu roi se faisant face, un miroir à gauche. Il y a de l'eau chaude dans la salle de bains et les waters fonctionnent – j'apprendrai que c'est un luxe.

Construit par des Français en 1995, l'établissement est de bon standing : un restaurant panoramique et tournant couronne sa cinquantaine d'étages, et des salles en sous-sol accueillent un mini-casino (deux tables, huit bandits manchots), des billards, six tables de ping-pong, un salon de massages et un night-club, le seul de Corée, pathétique sous ses boules à facettes. Sur ce niveau de l'immeuble, le personnel n'est plus coréen mais originaire de Hong Kong afin d'éviter la contamination capitaliste, il n'a pas le droit non plus de sortir de l'hôtel, peut-être se reproduisent-ils entre eux durant leur contrat à durée déterminée…

A la télé, puisque la plupart des chaînes internationales ne marchent pas ou, comme pour CNN Sports, ne captant aucun son sinon un grelottement continu, un brouillage sans doute, je me contente de l'antenne locale. Mais le travelling qui repasse en boucle sur des massifs de fleurs, des *kimilsungia*, orchidée mauve, et des *kimjongilia*, bégonia à fleur rouge, le cameraman remontant les parterres puis revenant à son point de départ pour recommencer, à croire que le pollen l'a rendu maboul, le tout sur une musique de Richard Clayderman *(Ballade pour Adeline)* et sur un commentaire emphatique – ô merveille de notre printemps, ô féerie de nos jardins –, finit de m'achever. O pas longtemps supportable !

Je me replonge dans le volume de *Mardi*. Je m'endors peu à peu, embrouillé et ronchon, sous la lueur d'une applique qui ne dépasse pas quarante watts… Le héros a pris la mer dans sa chaloupe. Il vogue plein ouest. Jarl l'accompagne. Tant mieux. Au bout de seize jours, un brigantin apparaît dans le soleil, « on eût dit un navire en flammes, au loin », dérivant, ses voiles déchirées claquant dans le vent, sans maître, « le gouvernail attaché ». Ils mettent le cap dessus, souquent ferme, le rattrapent. Enfin l'abordent comme ils peuvent, hésitent parmi les coquilles d'huîtres et les noix de coco qui jonchent le pont, se faufilent dans les cabines, en quête d'un rescapé, d'une réponse, d'un motif, plus sûrement de biscuits et d'un baril d'eau potable. Les déserteurs accrochent une bougie sur leur harpon derrière lequel ils progressent avec prudence (« Ainsi, l'acier se trouverait prêt à frapper si quelque lâche venait à souffler la flamme… »), et ils s'enfoncent dans la pénombre des cales, parmi des hamacs suspendus comme des chrysalides qui oscillent à la houle. Personne.

Que va-t-il se passer ?

*

— Quelque chose de particulier à me dire, monsieur Jean ?

— Non, je ne vois pas, monsieur Kim *(frisson)*.

— Des ennuis, un problème, dans la chambre, au restaurant, par exemple…

— Euh *(soulagement)*… Ah si, j'avais oublié de vous prévenir : je suis allergique aux champignons.

— Tous les champignons ?

— En principe, j'ai développé un sixième sens pour les détecter, mais comme je connais mal la cuisine coréenne, je me demandais si par précaution… Je pourrais faire un œdème.

— Un instant, monsieur Jean, je vous prie.

M. Kim fait un signe à M. Kim 2 qui somnole dans l'estafette et lui demande de lui prêter son portable. Il appelle un gradé. Conversation dense. Hochements de tête. Enfin M. Kim rend l'appareil à son collègue et se tourne vers moi, rasséréné, avec la voix claire et posée d'un chirurgien ayant réussi sa millième transplantation cardiaque :

— Désormais, *tous* les endroits où vous irez déjeuner ou dîner sont prévenus, nous avons la liste jusqu'au dernier jour. *Tous* les cuisiniers de *tous* vos hôtels mis au courant. *Tous* les menus sont modifiés. On a téléphoné et faxé *partout*.

C'est beau l'organisation nord-coréenne. Beau comme un mensonge bien tourné car, dès le lendemain, j'aurai trois (petites) lamelles de champignon dans ma (petite) soucoupe de hors-d'œuvre. Y aurait-il un (petit) contrat sur ma tête ?

*

Le rôle de nos anges gardiens est double : nous montrer ce que nous devons voir, nous éviter d'approcher ce que nous ne devons pas voir. Tâche ardue puisqu'il y a plus d'interdits que d'autorisations.

— Espion ? me demande l'une des rares touristes dans la salle à manger du Restaurant n° 1.

Cette salle – plus vaste que le Restaurant n° 2 – a l'avantage de posséder des fenêtres et d'ouvrir sur le fleuve. Sur quelques plateaux en inox, le buffet du petit déjeuner propose des tranches de pain de mie, une salade de fruits en boîte, trente beignets en sueur, une pyramide d'œufs et, dans un frigo qui ronfle, des yaourts chinois indécis sur leur date. Les demi-tasses de thé sont à prendre au comptoir – le sachet à infuser sert au minimum à vingt convives, une préposée y veille. La pénurie dans les approvisionnements touche aussi les hôtels. Tout est chiche et compté. Ce matin-là, c'est un festin, je ne le sais pas encore.

— Comme vous, je suppose, dis-je en mettant la main en premier sur une once de confiture à la fraise, dont je retirai aussitôt l'opercule d'aluminium.

— Non, je suis suisse et j'aime ce voyage dans le temps, tout est si différent. Quand vous pensez que l'on n'a pas le droit de posséder des wons, la monnaie locale… Et que les rares taxis ne vous prennent pas en charge…

— On se croirait en apesanteur.

— Hier soir, figurez-vous, on s'est fait rattraper avec mon mari : il voulait photographier le crépuscule. Vous connaissez le surnom de l'hôtel ? Alcatraz. On ne sait jamais quand on en sort. « Ils » décident pour vous. Vous voyagez pour le plaisir ?

— Détrompez-vous, je suis là pour mon travail. Tourisme.

Ne rien avouer jamais, même à une Occidentale de passage. Il suffit qu'elle en parle à son mari devant son guide – il y a ce type qui, figure-toi, est en fait un journaliste français, il a inventé un scénario farfelu –, et que celui-ci repasse le tuyau à l'un de mes Kim pour que les choses virent au drame – ici, la délation entre les citoyens est exigée. Prudent, j'ai décidé de faire simple : aucun aveu à quiconque, aucune conversation à ce sujet, à la limite fuir les autres étrangers, aucune prise de notes en direct sinon, le soir, dans ma chambre, dans la salle de bains, assis sur les toilettes, porte fermée, en dissimulant le carnet dans l'armature de ma valise, aucune tentative d'interview, d'enregistrement ou de rencontre adjacente, aucun achat non plus qui me stigmatiserait en tant que touriste réjoui, à peine quelques clichés au moyen d'un appareil de trois sous, images qui serviront d'aide-mémoire pour développer mes notes. Et si, tombé dans un piège, j'étais confronté à des agents télépathes – ma pensée devenue lisible comme, sur ces gravures médiévales, les paroles du chevalier déroulées sur une banderole de papier naissant de ses lèvres –, j'opterais pour la répétition de mon leitmotiv, *je suis là pour bosser, bosser, bosser*...

Oui, juré, je suis bien un agent de voyages rompu aux latitudes improbables et à la solitude des chambres standard, je viens pour le business et non pour m'amuser, immunisé contre la tristesse des salles à manger et des couloirs où la moquette boit vos pas et votre toux, maudite climatisation, et je ne parle même pas des petits déjeuners en solo, quasi blindé devant l'inévitable kyrielle de couples qui ont baisé la nuit entière et tiennent le buffet en s'apostrophant, repus et dopés de sexe, « tu reprendras du fromage frais ma chérie ? ». Je suis là pour évaluer le potentiel touristique, j'ai une boîte sur les épaules, ça me fout la pression, une secrétaire et une assistante à payer, les banquiers, les structures hôtelières de Corée m'intéressent donc, le Ryanggang comme le Tchanggwangsan, le Koryo et le Potonggang, et j'en passe et des moins bons...

Mais, derrière mon allant, je me sens à l'aise. Car comment prendre plaisir à être là alors que chacun voudrait déserter cette prison à ciel ouvert ? Qui est dupe ? A qui profite ma présence, mes devises ? Qu'en pensent mon guide zélé, le préposé aux guichets, l'hôtelier, la fliquette qui, de son bâton, règle une circulation anémiée où les feux rouges n'ont pas d'ampoules, ces soldats derrière leurs chicanes en dents de dragon et leurs rouleaux de barbelés qui nous arrêteront dix fois dès lors que nous descendrons au sud ? Comment marcher *normalement* dans ces rues frileuses, où tout me désigne comme un Occidental (ma taille, ma couleur de peau, mes vêtements, ma relative décontraction), un ennemi potentiel du régime ? Peut-on aller et venir alors que le citoyen moyen, victime condamnée à des chaînes invisibles et dont la peine d'emprisonnement se confond avec sa vie même, ne peut se déplacer sans autorisation ? Parler de tout et de rien alors qu'ici chaque information est filtrée, redigérée et reformulée, et a fini par constituer une seconde *réalité*, si, n'ayons pas peur des mots... un monde « autre » et parallèle ? Pourquoi devrais-je adopter un ton de justicier, de moraliste, alors que la plupart des individus sont sous surveillance, traîtres et trahis potentiels, à chaque instant ? Et puis je sais que derrière cette devanture proprette, où aucune personne âgée, malade ou handicapée n'est visible (une montagne regrouperait tous les nains), que tout peut faire défaut d'un moment à l'autre pour cause d'économie exsangue, d'embargo, de calamités naturelles, de pénurie et de faillite chroniques : l'eau potable, l'électricité (le réseau hydroélectrique est mal en point et les générateurs à essence ne sont pas approvisionnés), le pétrole (faute de production et de stocks, certains camions roulent au charbon, fumant noir et gras telles des locomotives), les médicaments, les engrais, la nourriture (en plein centre-ville, une distribution de haricots secs tournera sous mes yeux à l'échauffourée), sûrement la joie de vivre, la plus précieuse des denrées. Ayant bénéficié des largesses et du silence de l'URSS puis de la Chine, la Corée du Nord, qui n'a pas de devises pour acheter sur les marchés mondiaux, se survit à peine. La distribution par l'Etat de produits à prix subventionnés étant chaotique, un essai de « libéralisation » (cultures de parcelles privées) a fait long feu, et le marché noir s'est mis en place. Quant à l'aide humanitaire des organismes internationaux (la FAO, le PAM, l'UNICEF), elle a été plus d'une fois détournée au profit des élites. Du coup, le principe de « Pas d'accès/Pas de nourriture » exigé en contrepartie, soit la vérification que les secours parvenaient aux populations vulnérables, en a enrayé les mécanismes – le pays ne tenait pas à une ingérence étrangère trop appuyée. En attendant, les ONG (dont deux françaises, actives depuis dix ans) font ce qu'elles peuvent sur le terrain lorsqu'elles y sont autorisées – l'Union européenne devrait débloquer une aide d'urgence. Au final, pour des raisons chroniques autant que structurelles, des millions de Nord-Coréens souffrent de malnutrition, et régulièrement de famine, la mortalité infantile accentuant chaque année ses ravages…

C'est un cas extrême. Et un voyage hors normes. Sans équivalent parmi les Etats communistes – au moins à Cuba, ils ont la mer des Caraïbes, la danse, le cigare, le rhum et le sexe, et au Laos, autre exemple, l'argent des Thaïlandais, l'indolence foncière (le *Lao time*), le Mékong, les temples fracassés de lumière et la pureté de chaque geste. Non, ce pays raide, violent et peureux à la fois, vous condamne sans rémission à un périple factice et inquiétant. Aucune surprise, aucune initiation, pas de libre cours. Zéro rencontre. La norme, la loi, la répétition. La pantomime.

Enfermée depuis plus de soixante ans, cette République populaire et démocratique semble même être tombée dans un sas spatio-temporel. Ses paranoïas ? En vrac : les impérialistes, la Corée du Sud et son président Lee Myung-bak, les inspecteurs de l'Agence internationale de l'énergie atomique. Sans oublier les multinationales, le capitalisme, le désordre, le doute, le marché noir, toute lumière filtrant du reste du monde. Mais aussi la crainte des Etats-Unis liés aux Sud-Coréens, l'appétit d'ogre de Pékin, la puissance du Japon, l'ambiguïté de Moscou, bref, tous les Autres. Peur surtout de voir se défaire à la lumière de la vérité, tel un château de cartes biseautées, cet empire parallèle gardé par son armée, quadrillé par le Bowibu (Agence de sécurité nationale) et l'Anjeobu (Agence de sécurité publique), KGB locaux dont on subodore les méthodes musclées – il y a en province des camps de rééducation et de travaux forcés pour le citoyen qui ne montrerait pas assez d'allant.

Sur la colline Mansu, l'immense statue du « Président Eternel » n'admet pas le doute. Face au fleuve, épaulé par de hauts-reliefs en bronze, quatre rangées de statues de combattants, d'intellectuels et de paysans d'un réalisme saisissant, un Kim Il-sung de vingt mètres de haut dresse son bras droit, couleur marron glacé, vers l'avenir, avec une mine débonnaire, une mosaïque de montagnes aux neiges immaculées sur la façade du bâtiment de derrière se découpant entre ses jambes. Un siècle après sa naissance, l'année 2012 ne devrait-elle pas être celle de la « prospérité et du bonheur » ainsi qu'il l'avait prédit ?

En attendant ces matins glorieux qui tardent, les fleurs, elles, coûtent donc quatre euros et il faut régler cash, tout le monde accepte votre devise européenne, on la préfère au won de mirliton. Avec chacun notre bouquet roulé dans du papier cristal, nous sommes, Clor et moi, aussi goguenards qu'intrigués. Des haut-parleurs diffusent un air patriotique. Avançons en ligne. Il faut se tenir face à la statue, à distance, entre nos nervis, puis marcher vers elle d'un même pas, pour déposer les fleurs et s'incliner. *Mansé !* Longue vie ! Il n'est pas utile de repartir à reculons, non, une volte-face suffit. On peut prendre des photos, en bas de la volée de marches, et les Coréens, venus en groupes familiaux ou en troupes disciplinées – les femmes en hanbok coloré, jaune vif ou parme, et les messieurs en costume empesé –, ne s'en privent pas. Une façon aussi d'afficher sa fidélité à l'homme et au Parti. Car pas question de cesser d'applaudir (ou de pleurer) avant que le camarade n'en fasse autant. Au besoin, tel un cycliste en danseuse sur du plat, on en rajoutera pour dissimuler son manque de foi révolutionnaire – c'est qu'il y a des mouchards, et à chaque bloc d'immeubles, les îlotiers sont si attentifs…

Au-delà de l'hommage, même feint, ce rituel est humiliant. A l'exemple des Nord-Coréens, les étrangers doivent aller se prosterner aux premières heures de leur séjour. Acheter ces fleurs fades que des mains récupèrent et revendent ensuite à d'autres pèlerins. Monter vers celui qu'on nomme sans ciller la « Lumière du genre humain » ou le « Sommet de la pensée ». Baisser la tête devant sa statue aussi écrasante que creuse. Répéter les formules de soumission… Ce type en toc qui, en un demi-siècle, a poussé son pays à l'ignominie, mais qui « vit toujours parmi nous », le mérite-t-il ? En les imitant, pourquoi en perpétuer à notre tour l'ignoble dévotion ?

*

Toi qui entres ici oublie le diamètre de l'assiette normale ! Mais aussi celui de l'assiette intermédiaire comme celle dite à dessert pour ne te souvenir que des plus petites, sous-tasses à café et soucoupes. Car c'est ainsi que tout, désormais, te sera servi : dans de la dînette. Avec peu à manger dessus. Et encore, tu es privilégié : le reste de la RPDC crève de faim.

En règle générale, ni fruits frais, ni laitages, ni pain, ni vin, ni huile, ni condiments, et encore moins de sel ou de poivre sur la table. Deux bières et une bouteille d'eau de 500 ml à se partager. Quant au thé, pas plus d'une demi-tasse chacun, en redemander ne serait pas « camarade ».

Une table au Restaurant n° 2 a été réservée par téléphone. Il s'agit d'un sous-sol sans fenêtres où nos couverts nous attendent. Puisqu'il n'y a ni carte ni choix, nous aurons ce que l'on nous sert, dans l'ordre imposé, comme les autres convives, au même rythme qu'eux – ceux qui arrivent en retard mangeront froid, pas question de réchauffer quoi que ce soit. Et puisqu'il n'y a pas grand-chose, on multipliera les artifices pour nous faire croire que c'est beaucoup : il nous faudra donc en plus patienter entre les soucoupes, au nombre de six, sept, huit, parfois neuf. Farouches jusqu'au mutisme, ne parlant pas un mot d'anglais, les serveuses approvisionnent les tables et ne reviennent que pour débarrasser, lasses et ennuyées.

Le premier soir à l'hôtel, j'avais cru à une farandole de tapas servis en apéritif : un peu de *kimchi*, le chou fermenté et épicé, huit brins d'épinards, une pincée de chips spongieuses, trois mini-lamelles de porc, un quart de bébé poisson, un champignon émincé (ah !), un bol de riz lilliputien. Mais ces petits plats servis en accompagnement *(banchan)* et disposés en demi-cercle devant nous n'accompagnaient rien : il n'y avait pas de mets principal, hormis un bouillon clair au soja, flottille de périssoires sans navire-amiral. Pis, tout était froid, de médiocre qualité, parfois d'un goût affreux. Où étaient les huîtres grillées et le bouillon de poulet noir tant vantés, fleurons de la gastronomie coréenne ? Dédaignant les portions congrues, j'imaginai me réserver pour le dessert. Pas prévu non plus. Retenant une fille par la manche de son hanbok, j'obtins quand même un café soluble à un euro, dont je croquai le carré de sucre dans le couloir. Nous avions dîné. Le personnel roulait déjà les nappes roses, ramassait les baguettes en les comptant, éteignant chaque ampoule…

Alors je sortis, contrarié, rejoignant le hall où les employés du casino s'étaient dispersés au gré des canapés en skaï. Derrière les vitres embuées, carapace coincée dans un angle, trois tortues pompaient leur filet d'air parmi des étrons flottants. Etions-nous leurs semblables dans l'aquarium puant de Pyongyang ?

Dehors, les lampadaires trouaient une nuit inconsolable, sans étoiles, au parfum d'écorce sèche, une nuit qui semblait dessiner un grand cercle irrémédiable. Pas question d'aller faire un tour pour prendre un verre ou s'acheter des gâteaux dans un faubourg de cette ville de clones et de damnés – ballot que je suis, ayant aperçu de malheureux « Fouress au café » *(sic)* dans un autre hall d'hôtel, je n'avais pas cru bon de saisir ma chance. A l'avenir, je ne laisserai plus passer une soucoupe sans l'engloutir, mieux, la lécher. Famine oblige…

Finalement, les seuls Coréens empâtés que l'on aura à croiser dans ce pays saigné à blanc seront les leaders, père et fils, l'un mort et l'autre vivant. A chaque coin de rues, leurs mosaïques éclairées par des spots les exhibent aux champs, aux usines, dans le maquis antijaponais, donnant des ordres ou des conseils, bien gras du ventre. Interprétation d'artiste ou bénéfice d'un autre régime… alimentaire ?

*

Pyongyang, la « capitale des saules », se révèle être une ville aérée, propre, avec très peu de circulation – ici, on traverse sans regarder, à l'oreille, c'est la voiture qui est rare, non le passant. Agréable pour son centre-ville, celui qui est montré aux étrangers, car les barres d'immeubles marron, jaune gratté et vert sali, répartis aux quatre points cardinaux, la plupart sans électricité, lui tressent vite une couronne noircie, éteinte.

Détruite durant la guerre de Corée (1950-1953), la capitale a été rebâtie sur un modèle stalinien. Aujourd'hui, elle saisit par ses dimensions et sa volonté de centralisation urbaine : avenues démesurées, places monumentales dont la plus vaste contiendrait un demi-million de personnes, statues hardies et affiches patriotiques, vastes jardins et parcs arborés. La discipline des passants vêtus de noir, de bleu ou de gris, déambulant en groupes ordonnés, peu expressifs – la plupart du temps les bras ballants – ajoute à sa majesté froide. Clou du spectacle, sans doute : la pyramide de l'hôtel Ryanggang qui, du haut de ses trois cent vingt mètres, l'équivalent de notre tour Eiffel, surplombe la cité pour en être le pivot. On dirait une fusée futuriste, tout en verre et acier, fichée entre les centaines d'immeubles monotones. Mais, inachevé depuis le Festival mondial de la Jeunesse, en 1989, cet hôtel de trois mille chambres est interdit d'accès. Les grues du chantier ont fini par rouiller sur place et les palissades par s'écrouler sans qu'on les ait enlevées depuis. Certains l'ont qualifié de « pire monument de l'histoire de l'Humanité » – ce qui se discute, le dictateur Ceausescu pouvant prétendre au titre avec son palais de Bucarest.

Toutefois, il faut perdre ses réflexes visuels et ses habitudes citadines. Impossible de trouver un café, un restaurant, des boutiques, un panneau de publicité, des enseignes de magasins, des terrasses charmantes, des kiosques à journaux, il n'y en a pas – les rues sont râpées et nues. Et s'habituer aux carrefours et sur les places à ce pourcentage inhabituel de policiers, de soldats, de jeunes pionniers occupés à des travaux d'intérêt général comme de refaire les bordures des trottoirs ou d'agrémenter les plates-bandes de fleurs en tissu ou en plastique. Sont-ils volontaires, ainsi que M. Kim l'assure ? Pas un ne sourit. Et si l'un d'eux en uniforme en tance un autre en civil, ce doit être par souci de coordination...

Coupant la ville d'un méandre adouci, le fleuve Taedong est aussi appelé « Okryou », soit « Courant d'eau cristalline ». Plusieurs îles y sont aménagées, dont celles de Reungra, Yanggak et Souk. Un navire espion, le *USS Pueblo*, arraisonné en 1968 par les forces coréennes, est arrimé sur la rive, il sert de musée. Preuves à l'appui, on y dénonce les impérialistes venus rôder dans les eaux territoriales. Blanche comme de la porcelaine et la bouche peinte au pinceau, une jeune adjudante nous fait les honneurs du bâtiment. Sous son béret porté à la Che Guevara, elle parle français et ses mains transparentes ont des gestes d'apsara. A-t-elle été prévenue ? Elle nous attendait, à l'avance, faisant les cent pas derrière le bastingage. Nous aurons le droit de pénétrer dans la timonerie, de détailler les visages des coupables dont les photos sont punaisées sur des panneaux de liège, puis d'écouter leurs confessions enregistrées à l'époque (à ces matelots qui, on se demande pourquoi, s'accusent de sodomie, le juge coréen répond, outré, que la pratique n'a jamais existé sur la noble terre de Corée), enfin de descendre par les coursives vers les cales pour jeter un œil sur la salle des machines. Mais avec ses faux frigidaires bardés de voyants et ses armoires en métal où tremblent des aiguilles hypersensibles, celle-ci rappelle plus le laboratoire d'un professeur Cosinus qu'un gros diesel. Impossible de nier la perfidie impérialiste.

— Pour espionner notre République populaire, me glisse-t-elle, en pointant son doigt, comme si elle me désignait une tumeur.

Et je confirme du menton. Saleté de Yankees !

En amont, au départ d'un ponton, des barques et des canots plats se louent à l'heure. On peut dériver vers les saules dont les branches lasses dessinent des idéogrammes dans l'eau grise. Le long des berges, on aperçoit des groupes de marathoniens, le sport national, et des amateurs de « reverse », cette curieuse marche à reculons qui fait aller à l'envers ses adeptes sur plusieurs kilomètres, parfois en trottinant. L'effet est saisissant s'ils sont plusieurs : on croirait qu'on rembobine le film… Mais comment ces sportifs tiennent-ils la distance, le ventre mal rempli ? A moins qu'ils n'aient pas d'autre choix : courir vite, dans le sens qu'ils veulent, ou crever lentement. M. Kim m'a expliqué que plusieurs athlètes de haut niveau, récompensés par des médailles, logeaient dans des résidences de standing près de l'hôtel Ryugyong. Que deviennent les autres, les derniers ou les avant-derniers de la file ? Doivent-ils jusqu'à la fin de leur existence planter des fleurs factices sur les parterres, encadrés par les serviables pionniers, ces Jeunesses juchéennes ?

D'un bon pas (« Pour être en forme, il faut dix mille pas chaque jour », selon la propagande), je me risque sur l'autre rive jusqu'au Monument aux Idées du Juché, cette théorie de la révolution et de l'autosuffisance, un phare couronné d'une flamme gigantesque, inauguré en 1982 à l'occasion du 70e anniversaire du président. Jour et nuit, cette torche électrifiée, hissée au sommet de « 25 550 blocs de granit, correspondant aux jours vécus par lui », symbolise le feu de l'esprit. Si je dédaigne l'ascenseur (payant) qui mène jusqu'au belvédère, c'est pour détailler quelques-unes des deux cent trente plaques de marbre ornant son piédestal. Chacune est l'offrande d'une personnalité politique, généralement des troisièmes couteaux, d'une association ou d'un groupe d'étrangers (le Cercle d'études des jeunes Malgaches de Lausanne ou cet hypothétique Club des juristes de Lahore), qui, éblouis, ont fait graver le texte de leur admiration – quelques vieux sénateurs français, dont je tairai les noms, n'ont pas hésité… Que ces théories fumeuses soient à pleurer est une chose mais soutenir qu'elles auraient essaimé à travers le globe, faisant germer les esprits des cinq continents, bref que d'autres nations appliqueraient les préceptes du Juché (prononcer *djoutché*) pour parvenir au bonheur de leur peuple, est une saloperie. Il faudrait botter le cul à ceux qui, contre des subsides ou des faveurs, le laissent croire aux Coréens. Car ce mensonge s'éteindrait si nul ne le propageait.

Au bas du tertre monumental, un bataillon de quatre cents femmes-soldats, dont la chef doit faire un mètre cinquante-cinq, défilent au pas de l'oie sur une musique martiale. Ayant oublié les consignes, je m'approche et sors mon appareil.

— Pas de photos de militaires, m'arrête M. Kim, d'un revers de la main.

— Je croyais avoir lu dans le Juché que « chacun est maître de son destin et a la force de le forger » ?

persiflé-je. Alors, un malheureux cliché ? Je l'efface si vous voulez.

M. Kim ne daigne pas me répondre comme à chaque fois que je mordille son royaume idéal. Dans un accès de mauvaise humeur, il m'a avoué ne pas me trouver « très obéissant ». Après avoir cherché dans son dictionnaire franco-coréen qui ne quitte pas la voiture, il a même utilisé le mot de « turbulent ». Oui, je suis un « turbulent », ce qui n'est pas pour lui un compliment. A choisir, il préfère Clorinde, plus placide. Le gabarit de mon compagnon ne cesse aussi de l'impressionner et de le tenir en respect. Il lui sert à tour de bras du « monsieur », lui porte ses sacoches, alors que je n'ai droit qu'à un bref « monsieur Jean », comme un sobriquet, et qu'il me faut pousser ma valise sur ses roulettes. Selon lui, Clor aurait le cran et la classe d'un officier britannique de la glorieuse Armée des Indes – certes, notre garçon ne sort qu'en costume à pochette et ne se départ jamais de sa morgue. A côté, pâle figure, je fais un Tintin virevoltant, en polo et en baskets. Il est vrai que j'ai tendance à cavaler dès que la portière s'ouvre. A trahir mon énervement et ma mélancolie. A gravir n'importe quel escalier pour voir où il mène, idem pour ceux qui descendent. Vouloir m'arrêter parce que ça a l'air sympa. A apposer mes mains sur les arbres les plus vieux pour en recueillir la force. Admirer la gare et les trains antédiluviens qui ahanent vers la Sibérie. Ne pas remonter dans notre estafette et, au contraire, préférer cette berge ombragée, ce pont, cette île, ce bosquet. N'entrer dans aucun des deux magasins dévolus aux hypothétiques touristes et qui, derrière des vitrines abandonnées, proposent à des prix exorbitants des broderies (des chiots saint-bernard dans une corbeille d'osier, des chatons torturant des pelotes de laine, etc.), de faux pin's d'athlétisme en laiton, des porte-clés avec le drapeau national et des sous-verres en carton bouilli. Tenter de me hisser dans ce tramway bondé au lieu de prendre le métro où, là aussi, « on vous attend », à croire que cette rame démodée, dont chaque wagon arbore le visage de qui on sait, ne s'ébranle que lorsqu'il y a un Blanc dedans – à cent vingt mètres sous terre, deux stations sur quinze sont ouvertes pour l'étranger, « Gloire » et « Réhabilitation », marbre, lustres et bronzes, ils vous font descendre tout de suite après. Et même pisser dans un terrain vague puisqu'il n'y a jamais de chiottes nulle part et que ces pauses-là sont prévues dans des endroits et à des heures répertoriés – cette fois-là, pris par un besoin pressant, le thé et la bière n'arrangeant rien, je n'attends pas, et mon guide, outré, me photographie en action derrière un bosquet pour « montrer ce que font les Français, comme des animaux, ça nous dégoûte ». Tant pis pour la patrie des droits de l'homme ! Un turbulent de cinquante balais, c'est entendu…

Parce que nous sommes contrariés de cet embrigadement de chaque instant, que nous voulons montrer que nous restons dignes et fiers de ce que nous sommes, que nous ressentons déjà une irritation à nous faire trimballer dans ce labyrinthe de bâtiments administratifs, gigantesques et muets, où les passants et les visiteurs deviennent des microbes, nous dédaignons ce jour-là la triple statue de trente mètres de haut où, dans un élan conjugué, un ouvrier (brandissant un marteau), un paysan (brandissant une faucille) et un intellectuel (brandissant un pinceau) s'élancent en un bouquet d'énergie et de virilité sous le ciel d'étain, face à deux jets d'eau fusant à cent cinquante mètres, lorsqu'ils fonctionnent. Idem pour les groupes sculpturaux, *La Bonne Récolte*, *Le Pays de la longévité*, *La Forteresse inexpugnable*, foin de patriotisme ! Nous détournons la tête. Nous faisons la moue. Nous en avons déjà soupé de ce monde simplifié. Ecourter exprès la visite fastidieuse, tel est notre bon plaisir…

Nos deux sbires qui fumaient leur clope appuyés aux portières se réenclenchent. M. Kim barre une ligne sur sa feuille de route. C'est reparti… Demi-tour sans clignotant, aucun risque, l'avenue est lunaire. Deux vélos à droite tels des messagers noirs. Une fliquette tend son bâton. Une Mercedes bleu pétrole, modèle des années soixante-dix, les appuies-tête recouverts d'une housse coton grège, se faufile comme un squale puis s'immobilise à notre hauteur au carrefour suivant. A l'arrière, un officiel, raide comme un passe-lacets, tunique bleue à col carré et nuque rase, ressemble à l'ancien leader chinois Chou En-lai. Ce n'est pas lui, quoique… Sur son accoudoir amovible, la série de boutons électroniques sert sans doute, comme dans cette bande dessinée de mon enfance, à faire passer automatiquement les feux rouges au vert – pourtant, ici, aucun ne fonctionne. Puis il fait redémarrer, satisfait d'on ne sait quoi. Nos guides ont détourné la tête. Ouf ! Pas vus, pas d'ennuis.

Plus haut, sur les berges, derrière l'un des bancs en ciment qui ponctuent le chemin, un cerf-volant s'essaie au vent. Cela m'intrigue. Qui aurait le loisir ici de s'amuser un peu ?

— On peut s'arrêter ?

— Pas au programme.

Evidemment. Et qu'aurais-je pu demander à ce bienheureux qui s'autorise un quart d'heure d'insouciance ? Mange-t-il à sa faim ? Connaît-il l'Europe ? Qu'il me traduise un vers de Paul Valéry en hangeul, l'alphabet coréen à dix voyelles ? Je l'aurais fait fuir de toute façon. Il se serait détourné, cerf-volant rembobiné.

Pour le Coréen de la rue, nous restons des pestiférés. Par principe. Prudence. Timidité aussi. Par défaut de langue commune. Par incapacité, semble-t-il, à appréhender l'autre-qui-n'est-pas-comme-lui. Et puis nous ne leur attirerions que des problèmes. Je l'avais déjà noté sur le boulevard lorsque la foule, en apparence affairée, s'écartait devant moi comme si j'étais un rocher au milieu du courant. Coups d'œil en biais. Silences, gêne… Parler à un inconnu, sans raison précise, si j'ose dire *naturellement*, dans un ascenseur ou sur le parking où sont garées les quelques estafettes à touristes, relève de la gageure. Si je tente ma chance, les gars en restent bouche bée, abasourdis par tant d'audace. Et reculent comme on s'efface, roulant des yeux, ne s'excusant pas. Inutile de les rattraper, ils cavaleraient en zigzag, criant à l'inconscient !

Le soir même, au Conservatoire musical populaire, où nous sommes conviés à écouter un pot-pourri de *Roméo et Juliette* et de *Cosi fan tutte*, chanteurs en queue-de-pie et orchestre symphonique, je retente ma chance avec mon voisin, un notable d'une soixantaine d'années qui, à l'évidence, aime le classique, l'apprécie au point d'en chantonner en sourdine les arias. Retrouvé par hasard à l'entracte dans les toilettes du Conservatoire, je lui adresse quelques mots anodins en anglais, en italien, en français. Il se fige, se décompose. J'insiste. Non, pas question pour lui de se foutre dans les emmerdes pour une confidence amère ou un message à faire passer à l'Occident. D'ailleurs, délivré par la sonnerie du spectacle, il tourne les talons, *« Ah, no, no, non partirai / No, crudel, no te ne andrai... »*. Il a rejoint son siège, soulagé. La lumière s'éteint. A l'angle de la scène, un dernier reflet fait luire les insignes d'un militaire au visage de lémurien. Lui n'écoute pas la musique. Mais scrute la salle et nous dedans. Pigé. Piégés.

*

— Né un 18 septembre, n'est-ce pas, monsieur Jean ? me demande M. Kim tout à trac.

— Oui. Comment le savez-vous ?

— 1959 ?

— Oui, à Paris.

— Comme moi, à Pyongyang.

— Comme vous, monsieur Kim ?

— Comme vous, monsieur Jean.

— Donc le même jour, le même mois de la même année ? Et vous vous trouvez être mon guide, et nous sommes tous deux à cet instant dans cette voiture...

— Je suis né le 18 septembre 1959, moi aussi dans la capitale de mon pays.

— Permettez-moi de… Etes-vous marié ? Avez-vous des enfants, monsieur Kim ?

— Une fille de dix-neuf ans, monsieur Jean.

— Ma fille a le même âge que la vôtre ! Que fait-elle comme études ?

— Informatique et chinois.

— Sans blague ? La mienne étudie *aussi* le chinois ! Nous serions donc des jumeaux cosmiques ?

— Je ne sais pas. Mais on m'a transmis votre dossier avant votre arrivée. Combien d'employés avez-vous dans votre société ?

— Euh… Nous ne sommes que trois pour le moment, une secrétaire, une assistante, moi-même. Je pense me développer.

— Du bon business ?

— Je débute l'activité.

M. Kim hoche la tête, je l'ai déçu. S'attendait-il à une firme importante ou bien n'ai-je pas répondu ce qu'il fallait ? Me suis-je trahi par un détail ? Lequel ? Il s'absorbe dans ses pensées. Et moi aussi. Silences. Est-ce une façon de me faire comprendre qu'*ils* savent tout de mes manigances de petit reporter, que mon stratagème est éventé ? Ils ont épluché mon cas, découvert ma forfaiture, mais à l'idée d'obtenir des devises sonnantes et trébuchantes – une obsession dans ce pays qui ne peut rien acheter avec ses wons, personne n'en veut – ils ont pris le risque (relatif) de me faire venir ici, poisson dans la nasse, et de ne plus lâcher d'un millimètre le journaliste camouflé. Hormis les Chinois, les hommes d'affaires, les délégations ou les personnels des ONG, il y a si peu d'authentiques touristes, quelques centaines au plus à l'année. Ils m'ont sous la main et me retrouveront s'ils le veulent. L'un d'eux (lequel des trois ?) est peut-être un agent ultraentraîné de la Sécurité. Il se moque de moi par en dessous, depuis le début. Il me colle comme une ombre, doit veiller sur mon paillasson. Ne sont-ils pas venus ce matin m'attendre à deux dans le couloir, à mon étage, dans le mini-salon jouxtant les ascenseurs, pour me cueillir à ma porte ?

Ne voulant pas m'affoler, Clorinde me conseille de parier sur une abracadabrantesque coïncidence. Mais lorsque je croise le regard de M. Kim dans le rétroviseur, je ne m'en convaincs pas. Au niveau des probabilités, c'est impossible.

*

Sous n'importe quel hémisphère, rappelons les objectifs d'un guide officiel…

1) Se débarrasser de vous (il a hâte de rentrer à la maison et de revoir sa maîtresse ou sa femme, visiter cent fois les mêmes lieux étonnants ne l'étonne plus).

2) Vous voir lâcher de gros pourboires (à lui et à tous les autres, porteurs et portiers, loqueteux ou petits malins, pour son prestige de guide d'abord, pour son plaisir et son agrément ensuite, il ne pourrait plus vivre avec son salaire, il est *addict* aux billets de banque pliés, glissés, offerts).

3) Vous faire acheter n'importe quoi dans des magasins où il perçoit sa commission de vingt pour cent, du kleenex au vase Ming, en passant par la bouteille d'eau capsulée et les cartes postales écornées par la chaleur.

Souvent, le gars use d'une arme létale : « Aujourd'hui, c'est fermé, hélas en travaux, quel dommage, on ne pourra pas visiter, ne restons pas là… » Elle est usée jusqu'à la corde mais elle raccourcit sa journée. Il y a une variante : « Ici, c'est très dangereux, je ne vous conseille pas de rester, pas plus que dix minutes, que de problèmes avec les touristes, des voleurs à la tire, des voyous, des macaques qui mordent… » Alors la voiture verrouillée file dans l'autre sens. On oubliera votre lâcheté.

Bien sûr, à l'en croire, le temps de parcours entre vos étapes est exponentiel (afin de vous faire partir plus tôt et vous déposer plus vite à votre hôtel, ce qui lui laissera sa soirée pour jouer aux dominos), et les visites sur place réduites en conséquence. L'état de la route est un autre classique. De même que la mousson, alliée de choix, qui presse ou ralentit. « Demain, ce sera mieux de partir plus tôt… ou plus tard », expliquera-t-il, selon la bonne marche de ses affaires avec la serveuse de l'hôtel. Quant aux aéroports, du billard ! Pour un départ à dix heures, il viendra vous quérir dès cinq heures du matin. Ou justifiera des embouteillages pour vous avoir laissé poireauter une heure dans l'aérogare, votre chariot de bagages ayant aimanté une escouade de lépreux et de culs-de-jatte, insistants, goulus.

Le guide jongle avec vous. Votre voyage, il s'en fiche. Il ne vous reverra jamais. Vous serez remplacé demain par d'autres niaiseux qu'il traitera de la même façon. Et il y a les poètes ! Je me souviens d'un de mes guides au Vietnam (j'avais demandé un spécialiste d'architecture ancienne) qui, deux jours durant, se contenta de me susurrer trois mots devant les amas de pierres rongées de racines et de mousses. Après un peu de charabia, il terminait par un grandiloquent : « Et maintenant, monsieur, il faut imaginer ! » L'animal remontait alors dans la voiture pour écouter sa radio.

En Corée du Nord, le schéma diffère. D'abord, il n'est pas question que vous rencontriez un civil. Aucun échange avec quiconque sinon, au fil de votre périple, avec des personnes prévenues à l'avance, conditionnées. En gros, des « durs », des robots qui réciteront leur leçon. Votre guide sera là pour y veiller et, si besoin, pour réduire à néant une tentative née au détour d'un couloir, d'une rue, d'un chemin. Impossible d'approcher le quidam ! D'ailleurs le guide n° 1 est aussi tenu que vous puisqu'il travaille sous le regard acéré du guide n° 2. Et le planning et le contenu des journées, décidé par on ne sait qui, étrangle tout un chacun sur le terrain, y compris le guide n° 3, le chauffeur, assujetti à un itinéraire pour lequel il possède une feuille de route précise à valider aux check-points. Reste que ce qu'il y a à voir en Corée du Nord se résume à peu de choses (du moins pour ce qui est accessible), et que ce que vous auriez voulu faire ou découvrir (une fête de village, une soirée dans un bar animé, une promenade en forêt, une baignade en mer de l'Est, un site archéologique, etc.) est interdit. Quadrature du cercle ! Ajoutons que ce qui est montré est indifférent à votre cornac : pas d'émotion chez lui, nul désir de transmettre quelque chose de sa ville ou de sa région, il reste un fonctionnaire qui, contraint, vous mène sur des sites obligatoires, dans un jeu de l'oie où vous et lui êtes les dindons de la farce. Pire, il est prêt à vous faire avaler une énormité si elle est au programme. Ainsi, ce matin-là, devant cette pagode aussi creuse qu'un coquillage mort, où un gardien a jeté au bruit de notre voiture un tissu safran sur ses épaules rachitiques, il nous affirme sans sourciller que la religion – bouddhisme, cheondoïsme et catholicisme – est protégée chez les Kim communistes. Ce qui est archifaux. Selon un rapport de l'ONU de février 2009, pratiquer entraîne des persécutions et certains agents du Bowibu se font même passer pour des prêtres afin d'organiser des prières et arrêter les convertis qui s'y rendent en catimini. Pire, l'idéologie du Juché et le culte de la personnalité ayant tout écrasé, la vie des leaders apprise par cœur est devenue l'unique catéchisme. Et je vois bien là qu'aucun bâton d'encens ne fume dans le matin clair, qu'aucun brasero rituel n'est allumé. Nulle offrande de fruits ou de petites bouchées de riz parfumé au pied des statues déposée par les pèlerins. Seule la plus grande, au centre, d'un stuc trop doré, porte un malheureux collier de fleurs mortes. Et va te faire avaler ça !

— Combien de fidèles ? hasardé-je en sortant de ces pièces désolées.

— Dix mille, me répond le faux moine qui tente de me refiler au passage un prospectus (payant) du temple.

— Pour la région ?

— Non, dans le pays.

Ce qui s'appelle une gaffe.

Et les trois bouddhas aux yeux fendus ricanèrent dans la cour sablée. Tout est illusion.

*

Comme on nous l'a imposé, nous avons apprécié les colonnes doriques et le fronton triangulaire du théâtre de Morabong, digne d'un paysage romain au milieu de ses ifs, interdiction d'y entrer toutefois, le parc à jets d'eau de Mansoudai mais sans jet d'eau et sans explication, puis la saisissante statue en bronze du Tcheulima (un coursier ailé de 14 mètres, haut de 46 mètres, symbolisant l'indomptable volonté du peuple), enfin, au gré des collines, entre lesquelles Pyongyang s'est lovée et développée, la grâce des pavillons-belvédères sur les pentes couleur biscotte.

Parmi ceux-là, entre la cloche qui marquait les heures et l'ancienne porte fortifiée Daidong, le Ryeunkwang en gros bois rouge laqué est inscrit à notre programme. Certes, il ne fait pas partie des huit merveilles du pays, telles que les avait définies le poète Djo Wi, en précisant le moment idéal pour s'approcher du monument, magnifié alors par les éléments naturels et l'instant – le dégel, le crépuscule, l'aube, le souffle du printemps. Non, pour le Ryeunkwang, il n'y a pas d'heure prescrite, mais il est toujours saisissant depuis sa construction en l'an 1111. Ça arrange notre guide qui nous y dépose vers dix heures quarante-cinq. Il ne nous précisera pas qu'il a été reconstruit au XVIIe siècle. L'an 1111, c'est plus chic et ça sonne mieux.

— Faut-il attendre onze heures onze pour y poser un pied ? demandé-je.

Le Pavillon ouvre sur le glacis du Taedong où ricochent des oiseaux mouillés et phosphorescents – savent-ils qu'ils nidifient dans une dictature ? Ce matin-là, quelques derniers pans de brume s'accrochent à son toit cornu aux poutres décorées de caractères bleus. C'est plutôt magique dans la lumière laiteuse qui sourd du fleuve lui-même. Derrière, Pyongyang n'est plus qu'une rumeur grisée où tranche la langue en métal du fleuve. L'air a un goût de poudre. Brièvement, cette demi-heure laisserait presque augurer un monde possible, aimable, où il ferait bon vivre parmi les pagodes, les belvédères aux dragons, entre ces puissantes portes fortifiées… Il y manque une nonchalance, un abandon des promeneurs, et de quelques amoureux qui, comme partout, s'embrasseraient sur des bancs ou sous les arbres. Sans doute aurons-nous plus de chance en province, loin du pouvoir, parmi les « hésitants » ?

Kim a fait durer la visite autant qu'il a pu, mais sans conviction, comme on tire sur un vieux chewing-gum. En fait, il a cherché à gagner du temps car notre voiture n'a plus d'essence – comment nous l'avouer ? Avec le demi-litre du fond de son réservoir, le chauffeur erre comme un damné pour trouver trois gallons avec ses bons qui ne rationnent que la pénurie. On ne peut plus repartir. On s'assoit sur les marches. M. Kim 2 téléphone en marchant de long en large sous les ramures. C'est un petit garçon qui a la pétoche de se faire gronder.

— Profitez du paysage, c'est magnifique, non ?

Au loin, dans un coude, deux dragueuses à godets hoquettent entre les îles et remontent la boue. Un brin de vent nous en murmure le ronron lassé. On ferait bien un tour là-bas, vers les sables et les herbes, jusqu'aux saules pleureurs, jusqu'à Dourou et Souk.

Il y a un loueur de canots sous les piles en brique. Quelques euros suffiraient. Rame en main, remonter contre le soleil… Derrière soi, le sillage serait une ligne brisée qui se perdrait dans les joncs. Le premier qui touchera le pont de la paume de sa main aura gagné un bol de nouilles. Pourquoi pas ?

Dans son récit *Le Lièvre de Patagonie*, Claude Lanzmann, le célèbre cinéaste, détaille l'idylle qu'il a eue dans les années cinquante avec la délicieuse Kim Kum-sum sur l'une des îles du Taedong. Justement, il l'emmène en canot, elle se montre réservée, docile. Dans ce pays où tout le monde s'épie, ils cherchent à disparaître aux yeux de tous les autres pour n'être qu'à eux seuls, puis s'affolent, se caressent, repartent, moites et défaits, insatisfaits…

Quarante ans plus tard, lorsqu'on parcourt la RPDC, même au pas de charge, on se demande comment une telle aventure a pu être possible. A moins de condamner l'amoureuse à un épilogue terrible. D'ailleurs, elle a des ennuis après lorsque, pomponnée et maquillée, elle monte dans sa chambre pour se donner à lui, offrande adolescente, désespérée, contre-révolutionnaire. Les flics, les « casquettes », rappliquent dare-dare par les escaliers pour casser leur porte, leur romantisme et leur envie de baiser. Ils entrent dans la chambre. La fille se rhabille, en pleurnichant, corsage à la main, cheveux en vrac. Un foin ! Ils l'embarquent pour on ne sait où.

Qu'est devenue depuis cette fragile Kim Kum-sum aux bras de roseaux et à la bouche peinte ? Jetée dans la boue comme une rose piétinée ?

*

Clorinde prend bien les choses : le grand manège désenchanté de la RPDC l'amuse et le distrait. Il a voulu venir ici, sur cette terre de Caïn, il y est en promenade. Lui qui désirait arpenter autre chose que Paris et le Languedoc est servi ! Certes, ce grand garçon n'est jamais volubile mais j'ai appris à composer avec ses mutismes. En régime normal, il a tendance à se montrer bougon-ironique pour tout, c'est sa façon de garder son calme et de ne pas affoler son compte-tours. Tiré à quatre épingles et ponctuel, Clor est toujours le premier dans le hall, une sacoche à chaque main, droit dans son complet-veston. Cependant, il ne faudrait pas trop le pousser pour que, comme moi, un rire nerveux le secoue dans l'ascenseur ou sitôt sa porte refermée : notre équipée surréaliste est aussi grotesque. Dix ou douze heures par jour, nous avons l'impression de jouer à un jeu de société (!) où l'essentiel serait invisible. Et le reste feint. Souvent, on se jette des regards complices et on se retient pour ne pas pouffer.

Comment d'ailleurs a minima ne pas sourire de ces Coréens au regard flou (leurs yeux nous traversent, nous sommes transparents) qui, défilant dans le hall comme des figurants, feignent de parler « comme si de rien n'était », alors qu'ils semblent rabâcher un texte appris ? Ou de ces escouades de jeunes mariés disciplinés (elle en Barbie, mal à l'aise sur ses talons sonores, lui empêtré dans son costume loué, à l'ourlet décousu) qui, sur l'esplanade de l'hôtel Yanggakdo, composent leur album-souvenir à renforts de flashes et de mimiques ? Devant nous, les couples se succèdent, identiques, stressés et tremblants, pour nous jouer la scène du plein bonheur nord-coréen. Parfaites petites mécaniques répétant leur comédie dans un pays où le divorce n'existe pas mais où, à chaque date d'anniversaire de la rencontre, la coutume serait de s'offrir un concombre ! Quant à ces acrobates russophones, musculeux et huilés, qui, après le petit déjeuner, miment leurs prises dans le couloir, ils sont la cerise sur notre gâteau sans sucre. De la part de nos organisateurs-machinistes, ceux qui tiennent les fils de ce théâtre de marionnettes, j'y décèle un zeste d'humour ou, plus subtil, une ombre de dérision. Mais qui, à l'inverse, cautionnerait le sérieux et l'aplomb du reste. Je veux dire : tout ce bazar totalitaire.

La veille, nous avons eu une déconvenue au restaurant panoramique. En principe, il tourne à deux à l'heure sur ses roulements à billes au quarante-septième étage de la tour… mais celle-ci se trouvait enturbannée d'une brume escamotant la capitale. C'était censé être l'un des sommets gastronomiques de notre voyage ! Au bout d'une demi-heure de patience entre les baies léchées par les volutes des nuages (avec la sensation nauséeuse d'être dans l'un de ces avions qui fait des ronds dans un ciel bouché), le serveur nous fit expliquer que, de toute façon, nous n'avions pas de table, que nous n'étions pas prévus, et comme tout était compté il n'y avait rien pour nous, ni de mini-brochette d'agneau, ni de coupelle d'épinards à l'huile de sésame, il fallait redescendre, et tant pis s'il était trop tard pour être servis en bas, quant à revenir une autre fois, impossible puisque non programmé de tout le séjour. Colère de M. Kim qui perdait la face. Une fois encore, M. Kim 2 téléphona à on ne sait qui, agitant de l'autre main sa liasse de bordereaux.

Au départ, l'entourage de Clorinde s'était alarmé de ce périple fantasque. Le garçon ne baragouine pas trois mots d'anglais. S'est-il rétabli ? Une hospitalisation à Pyongyang, impensable ! Et l'avion long-courrier ? Imaginez, une crise de vertige après avoir jeté un œil par le hublot au-dessus des à-pics de l'Himalaya ? Ou une attaque d'agoraphobie à Pékin, sur le sixième périphérique, parmi cent mille bolides ? Un pétage de plombs sur la DMZ, en se faufilant sous les miradors ? Passer ses vacances chez les derniers archéocommunistes de la planète, avec le nuage radioactif en prime, fallait vouloir…

— Personne ne traîne son ennui sur le 38ᵉ parallèle, réfléchis avant de signer ton chèque. Si ton copain y va pour gagner sa vie, toi, tu payes pour ça !, lui ont répété ses proches.

Peuh ! Clorinde aura haussé les épaules, narquois. Il est ravi de cette demi-épreuve. Si le désarroi ou l'ennui resserrent leur étau, il use de ses Pléiade. Et ce matin même, par exemple, à côté des aquariums embués, il nous attendait sagement, plongé dans le tome 1 des *Œuvres* de Valéry (1957) – le monde pouvait crouler autour de lui, il s'en fichait, il était en immersion dans *Histoires brisées*. C'était sa bouteille d'oxygène contre la barbarie. Ici plus qu'ailleurs, que serions-nous sans le secours des livres ? Quant à sa pochette de soie sur son costume Old England, et ses souliers cirés sur des chaussettes jaunes ou rouges, fil d'Ecosse ou mohair, il les arbore exprès au milieu des barres décaties d'immeubles et sur les diguettes rompues des rizières. En bouclier. En contrepoison. Son dandysme tire mieux qu'un flingue.

Mais soyons francs : même si on nous a confisqué nos passeports, que nous n'avons pas de portables, que nous n'avons plus aucun contact avec nos familles, nos amis, mon journal, la France et le monde du XXIe siècle (les nouvelles de l'extérieur ne sont pas diffusées ou en portions congrues à la télé, et on a rarement la télé), que le réseau est sur écoute (« appeler, ça peut coûter la vie », a expliqué un transfuge qui affirmait qu'un Nord-Coréen pris à converser à l'étranger est éliminé sitôt localisé), qu'il n'y a en tout et pour tout l'hôtel que deux postes d'internet dont un qui marche à heures fixes (seule la crème du Parti a le droit de posséder un ordinateur avec accès limité à internet), je ne pense pas que nous risquions grand-chose. Non, il n'y a pas de miroir sans tain dans la pièce ni de microphone dans les toilettes – quoique. L'eau de la théière ne contient pas une drogue qui, la nuit, dans mon sommeil, me fait délirer et avouer mon forfait aux officiers cruels du Bowibu. Je ne suis pas filmé dans les couloirs dès que je franchis le seuil de ma chambre. Je ne suis pas en train de rêver alors que je pense ne pas dormir. Je suis seul sous ma douche et le pommeau n'est pas une caméra sous-marine. Le trou des waters n'est pas un micro en creux ni la lunette, un scanner ultrapuissant qui me dresserait un check-up complet et une analyse ADN dès lors que j'y poserais les fesses. Le paysage d'estampe dans ma fenêtre – le fleuve, le monument du Juché, quelques bâtiments gris, un nuage en zeppelin plus haut, en amont, échoué au-dessus des collines – ne peut pas être une photographie thermocollée sur la vitre. Je ne suis pas au fond d'une cellule capitonnée, truffée de capteurs, avec les hologrammes des fauteuils, du lit et du frigo autour de moi, et ce sachet qui infuse dans ma tasse en de noires arabesques n'est pas une décoction de champignons. Enfin, j'espère !

Dans la journée, je n'ai pas gaffé. Clorinde non plus. Il est là pour l'agrément, moi le tourisme. Du journalisme ? Vous plaisantez ? Hier, par exemple, fidèle à mon personnage d'agent, j'ai demandé à visiter un hôtel, le Sopyonang, propre mais sans intérêt, puis le Koryo Hotel, deux tours jumelles, plus imposant, où j'ai arpenté le lobby et la galerie, obtenu les tarifs d'une chambre après l'avoir visitée, inspecté les sous-sols et la piscine en ayant enfilé des tongues en caoutchouc (un employé m'a mené jusqu'au bassin froid, bleu opaque, où surnageaient trois gosses braillards dont je n'ai pu déterminer la nationalité), rôdé dans le restaurant à la chaleur de serre où Clor s'était effondré, vaincu, devant un quart d'eau minérale Kangso (« naturellement gazeuse »), et le mini-jardin aux plantes en pot, tâté du rideau, du carrelage, fait jouer les appliques, soulevé les tapis, gratté la peinture des murs. J'ai pris des notes, en tirant la langue, appliqué : *bâti en 1985, 143 m de haut, 500 chambres, confortable, sonore, impersonnel et lugubre*. M. Kim y a cru, en jetant un œil par-dessus mon épaule. Je travaille *vraiment* dans le tourisme et je prends *réellement* des infos pour mon business.

— Quelle clientèle pour ce type d'établissement ?

— Surtout des Chinois. Pour affaires. Ou des officiels.

— Je m'en doutais, ai-je conclu, l'air entendu.

Sur le parking, à trois heures de l'après-midi, une douzaine de Mercedes bleues étaient en effet garées en épi – seuls les hauts fonctionnaires et les sportifs victorieux ont droit à un véhicule. Bref, soit ces apparatchiks baisaient des assistantes dans les suites (sans micro), soit ils signaient dans les salons des contrats (sibyllins) avec des émissaires de Pékin pour contrer l'embargo. Ou les deux, l'un n'allant peut-être pas sans l'autre.

— Combien de Français pouvez-vous envoyer à l'année ? tente M. Kim.

— Des centaines, si le rapport est bon... Encore faut-il qu'il le soit, n'est-ce pas ?

Et ce valet m'a regardé autrement.

Dans le *Pyongyang Times* (huit pages, impression couleurs, un euro) acheté dans le hall, il n'est question que de Kim Jong-il et de son rejeton Kim Jong-un : ensemble, ils ont visité la veille, au fond d'une province du nord qu'ils ont gagnée en train blindé, une usine de textiles. Pas si anodin car la présence de son troisième fils se fait plus significative. Inconnu jusque-là, l'héritier monte les gradins de la scène et prend de l'ampleur pour prouver au peuple qu'il n'a pas été perverti par son éducation en Suisse – il aurait été à l'initiative du bombardement de l'île sudiste de Yeonpyeong, manœuvre militaire stupide, histoire d'affirmer sa détermination. Au passage, sa date de naissance aura été modifiée pour s'harmoniser avec celles de ses pères : 1982, dès lors que Kim Jong-il est né en 1942 et son père, Kim Il-sung, en 1912. Evident.

Comme leurs titres sont rappelés à chaque fois qu'ils sont cités, président de ceci, premier secrétaire de cela, ça donne des paragraphes indigestes où l'information déjà succincte se voit comprimée et quasi nulle. Père et fils, même anorak gris métal, matelassé et informe, y sont allés et ils ont vu. A leur habitude, nos deux grassouillets ont délivré des ordres majeurs (lesquels ?) qui ont ébloui le directeur de l'unité de production et ses contremaîtres zélés (sur les photos, ces types en blouse suent de peur) bricolant jusque-là dans l'approximation. Puis « Rayon de Soleil » et « Jeune Général » sont repartis aussi sec, vingt minutes chrono, dans leur train à l'épreuve des obus, pour retrouver leur palais et leur chère Pyongyang où les féaux sont nombreux, mieux nourris, plus sûrs. Pas une ligne, par contre, sur la pénurie de carburant, la famine récurrente (un quart de la population aurait besoin à ce jour d'une aide alimentaire d'urgence) ou sur les événements du Moyen-Orient. A croire que ça n'existe pas. Que le monde s'est arrêté à la frontière fluviale de la Chine et sur la cicatrice barbelée du 38e parallèle. Quant aux retombées du nuage radioactif, *nada*, nous ne serions pas encore touchés, même si Séoul, à soixante kilomètres de là, a détecté des particules radioactives dans l'atmosphère… Plus tard, lorsque j'évoquerai en termes prudents le destin de l'Egyptien Hosni Moubarak, qui rappelait celui du Tunisien Ben Ali, la libération des peuples qui s'est ensuivie, mon guide se prendra le visage entre les mains pour murmurer, apparemment sous le choc : « Oh, non ! les pauvres. » Il parlait des infortunés dictateurs.

*

M. Kim réapparaît sur l'esplanade, mèche derrière l'oreille, il trottine, nerveux, il m'appelle, je m'éloignais, il ne fallait pas que j'aperçoive ces vendeuses à la sauvette de *kimchi*, le chou fermenté, ou de poisson séché, ça ressemblait trop à du marché noir.

— Revenez, monsieur Jean !

Lui et ses deux coéquipiers campent dans les dépendances de l'hôtel et ne nous lâchent pas. Allais-je faire un tour ? Juste prendre l'air vers les talus et les saules, je me croyais en avance. Pas tant que ça. Car en Corée du Nord, arriver à l'heure pile, c'est être en retard. Si votre départ est à neuf heures, il faut se pointer un quart d'heure avant. A moins dix, monter dans la voiture où M. Kim 2, sérieux comme un pape, attendra avec le camarade chauffeur. A moins cinq, on claque la porte, le moteur tourne. A moins deux, démarrage. A neuf heures tapantes, nous franchissons la barrière. De bons automates collés à leur programme comme des coléoptères épinglés sur une plaque de liège.

Ce matin-là, alors que nous partons pour la province, en direction de la mer de l'Est, vers Wonsan et les monts Kumgang, j'ai une réclamation à faire : à défaut d'aller jusqu'au zoo (les animaux affamés auraient été jetés les uns sur les autres afin que les plus féroces dévorent les plus faibles, le tout sous l'œil d'une caméra qui filmait les mises à mort, tigre contre lion, tapir contre dogues ou hyènes, etc., bouts de films revendus aux amateurs, et il y en a), je voudrais visiter les studios de cinéma. On le sait, le leader, Kim

Jong-il, est un fana du septième art, ses films préférés étant les blockbusters américains, action et aventures, avec une fixette sur *Vendredi 13*. En plus d'avoir réalisé des films poético-socio-révolutionnaires, il a théorisé dessus *(L'Art du cinéma)* et encouragé cette activité à des fins de propagande. Pire ! Le dictateur serait allé jusqu'à enlever en 1978 un cinéaste sud-coréen de deuxième catégorie, Shin Sang-Ok, et son amie, une actrice, pour le faire travailler pour lui et, au passage, lui piquer ses méthodes de mise en scène et son savoir-faire. A cette époque, quelques Sud-Coréens, des Thaïlandais et des Japonais firent les frais de ce kidnapping d'Etat *(rachi)*, démenti puis reconnu par Kim Jong-il qui en libérera cinq – cette pratique scélérate visait à former des agents doubles ou à obtenir des informations grâce à ces individus bien placés. Bref, Shin a été installé de force dans la « Résidence des invités » et il s'est vu doté d'un budget pour tourner de la pellicule. Contraint, l'hôte-prisonnier signa six productions, dont le bien nommé *L'émissaire n'est pas revenu*. En 1986, à la faveur du Festival international de Vienne, il réussit à demander asile à l'ambassade des Etats-Unis. Et leur échappa.

En périphérie de la capitale, comme le confirme Kim 2, il existe des décors qui reproduisent à l'échelle 1 des quartiers entiers de villes japonaises, chinoises, européennes, collèges et églises compris. De quoi tourner en extérieur n'importe quel film sans le risque de sortir du pays – et de ne pas revenir. Un décor dans le décor ? Du carton-pâte dans un empire de papier ? Nous voudrions y aller.

— Pas au programme, rappelle M. Kim 2.

— A notre retour de province ?

— Pas possible, répète cette tête de mule.

— Comment voulez-vous faire affluer des touristes en Corée si vous ne leur offrez à voir que des…

Sentant que je me fâche, Clor se jette dans la bataille.

— Nous vous serions *très* reconnaissants et saurions vous le montrer si…

M. Kim finit par plier sous l'assaut mais ne cède pas.

— Je ferai une demande. Mais je suis certain que c'est impossible.

Pour le voyage, l'œuvre de Kim Jong-il m'accompagne mais me rassasie vite. Il sait aller à l'essentiel, le bonhomme ! On comprend que ses labos secrets aient tenté au moins une fois de le cloner. C'est qu'il a théorisé sur tout, même le métier de journaliste. En voici quelques perles : « Les journaux devraient consacrer l'essentiel de leurs articles à glorifier le Grand Leader et la révolution. » Ou celle-ci, altruiste : « Ceux qui ont rédigé des articles conformes aux desseins du Parti méritent d'être qualifiés de héros… »

En vente dans les boutiques d'Etat, par fascicules thématiques (les idées, la révolution, la musique, l'économie, etc.), ces brochures, qu'il aurait rédigées lui-même, sont traduites dans la plupart des langues usuelles. En version *digest*, on les trouve à chaque fois aux arrêts sur notre parcours, disposées sous des vitrines, en vente au milieu de fanions et de guirlandes. Avec une préposée prête à nous céder l'intégrale, cartonnée ou reliée, toutes les pages de garde de chaque volume étant ornées de l'obsessionnel portrait, carré, en noir et blanc, sous sa feuille de papier-calque : « Lui », brushing et col Mao, sans âge, à la fois poupin et viril, lissé et plastifié, ressemblant à son père éternel.

Comme la route vers la province de l'Est est rectiligne – deux fois trois voies, quatre voitures à l'heure dans les deux sens –, on a l'impression de rouler sur une piste d'aéroport ouverte en pleine campagne, mais sans avion, sans aérogare et sans tour de contrôle. Du coup, le régime de la voiture est stable, sans à-coups, et le temps figé. Seuls les chiffres du compteur kilométrique qui s'égrènent par-dessus l'épaule du chauffeur nous certifient que nous progressons bien, que nous ne sommes pas dans un simulateur.

A l'aplomb de collines rabotées et de part et d'autre de sempiternels tunnels (ils servent d'abris antiaériens), le paysage lui-même, dénué de panneaux indicateurs, se révélera vite monotone, ras, caillouteux, sans arbres ni oiseaux, sans bétail, ponctué de quelques villages de maisons identiques, où dans les cours d'école les enfants font de la gymnastique sous des haut-parleurs, interdits d'approche et à l'écart de la route elle-même de toute façon – une piste serpente vers eux à travers rizières à sec, boyaux d'eau et monticules de boue, parfois quelques mares où des types trempent leur ligne sans appât. Profitant d'un revêtement intact (du moins sur la centaine de kilomètres dans l'orbite de la capitale), Clor et moi bouquinons sur les banquettes de l'estafette, installés comme dans un salon, sans avoir jamais le tournis ou mal au cœur. Immuable, notre répartition est celle-ci :

d'abord le chauffeur et M. Kim 2, puis M. Kim en solo sur un strapontin, puis Clorinde sur une banquette, enfin moi-même sur la troisième, les bagages de nos gardiens à droite dans la travée, les nôtres, plus volumineux, dans le coffre. A l'avant, nos guides et le chauffeur marmonnent entre eux ou téléphonent en criant ; à l'arrière, Clorinde et moi sommes plongés dans nos lectures ou englués dans nos rêveries, généralement silencieux, gourds et somnolents, économisant notre sentiment d'extase. Deux ou trois fois, lassé de ces zones indistinctes, je m'allonge et regarde défiler le ciel et la campagne pain d'épice comme s'ils avaient été peints sur un rouleau que l'on ferait tourner derrière ma vitre, tandis que la route file par en dessous comme bobine qui se dévide à l'infini, en ces heures lancinantes où tout est et a été programmé, minuté, contraint, et où ça recommencera demain…

Dans *Les Personnages et les Acteurs*, Kim Jong-il tente de résumer sa pensée de titan : « L'acteur ne doit pas rester enfermé dans un étroit champ de pensée. Il doit au contraire voir et apprendre beaucoup dans un champ étendu. » Plus loin, il précise : « Il doit avant tout être solidement préparé sur le plan politique et idéologique. » Ça a le mérite d'être clair… Je souligne le premier passage au crayon et, lorsque nous nous arrêtons pour la pause-pipi, elle aussi prévue depuis Pyongyang – une arche en béton chevauchant les voies tel un demi-pneu, où nous attend une dame avec une thermos de thé, des pommes plâtreuses à un euro pièce, et des fascicules juchéens disposés sur des tréteaux –, je le donne à lire à M. Kim.

— Nous sommes tous un peu des acteurs, n'est-ce pas ?

Grimace du guide.

Oui, je suis de nouveau d'humeur turbulente ! Mais pas téméraire : je n'ai rien osé demander sur ces silhouettes en guenilles qui, derrière une masure, ont couru se planquer avec leur baluchon d'herbes. Fantomatiques. Craignant par réflexe notre estafette qui casse en deux le silence de verre.

*

Dans le célèbre roman de George Orwell, *1984*, trois empires se font la guerre. Si celle-ci est leur apparente motivation, elle est surtout l'assise de leur existence. Contre un ennemi, même supposé, il faut réagir, faire front, tenir et encadrer son peuple. Dans le bloc anglo-saxon, l'Oceania, Big Brother, le grand scrutateur, est partout dans la société. Celle-ci est composée de trois classes : les dirigeants, une poignée, les fonctionnaires, zélés et insensibles, les hordes de prolétaires courbés, soumis. Une police de la pensée traque le récalcitrant. Et il faut user de cette *novlangue* sans nuance, réduite et donc peu dangereuse. Si l'on n'a pas les mots suffisants et adéquats, comment faire avec ce que l'on ne peut pas nommer, comment inventer, et s'extirper d'une syntaxe carcérale ? Les slogans les plus absurdes *(« War is peace », « Freedom is slavery », « Ignorance is strength »)*, répétés en mantras, deviennent des évidences. Il sont martelés jusqu'à l'étourdissement. La soumission. L'adéquation. Ils feront de vous ce que vous ne vouliez pas être : une créature apeurée, un complice. Un pion de plus parmi un peuple de pions.

En Corée du Nord, au XXIe siècle, à l'heure du marché global et des sondes vers Mars, on n'est pas si loin d'Orwell : « Kim Il-sung est Kim Jong-il, Kim Jong-il est Kim Il-sung. » Le monde extérieur menace encore. Les impérialistes et leurs féaux veulent les étrangler et les détruire. Obligé, le peuple des villes et des rizières, des plaines et des montagnes a fait front, élisant les meilleurs pour les guider au combat. Les impulsions des trois extralucides, père, fils, petit-fils – le « Grand Leader » alias le « Président Eternel », le « Commandant Suprême » appelé aussi le « Toujours Victorieux Commandant à la volonté de fer », et enfin le « Jeune Général » alias le « Petit Prince Rouge » –, ont fait, font et feront merveille. A un contre mille, pariant sur le développement de leur arsenal et la menace qu'ils font peser, ils ont déjà assuré la sécurité du pays et bétonné le 38e parallèle. Et dès l'année prochaine, la date coïncidant avec le centenaire de la naissance de Kim Il-sung, ce « Soleil du XXIe siècle », le bonheur sera là, concret, palpable et croustillant, pour chacun. Du moins le promettent-ils… Mais gare à celui qui n'en propagerait pas l'objectif – les enregistrements des magnétos des agences de sécurité qui tournent aléatoirement dans les appartements des caciques et des officiers éliminent sans pitié les tièdes, les poltrons et les fourbes.

Oui, les idées de ces trois Epées auraient déjà fait florès de par le monde si des forces contraires, celles du Mal, de l'abjection et de la cupidité, ne tentaient pas de les étouffer. Dans leur forteresse où bat un cœur unique, celui du Peuple révolutionnaire, les trois Suprêmes ont raison et tous les autres ont tort, chaque fois. Pour preuve ? Ces cadeaux offerts par les présidents des pays du monde entier. Tiens, face à tant de reconnaissance, il a fallu ériger un musée… A deux cents kilomètres de la capitale, dans les monts Myohyang, le Palais des Amitiés est un bunker antinucléaire creusé dans la montagne. Cent cinquante salles en marbre, hautes de dix mètres, accueillent les dizaines de milliers de présents (des médailles, des armes, des assiettes décorées, un wagon, un ours empaillé, une cafetière électrique, des automobiles soviétiques, etc.) déposés par les dirigeants ou les émissaires de cent soixante-quatorze pays. Pas peu dire de leur reconnaissance ! A croire que la Corée du Nord serait un havre de liberté dans un monde envahi de chacals et de hyènes. Une flamme réconfortante dans l'obscurité.

Comment ne pas alors se prosterner devant la statue de bronze, ne pas répéter à l'unisson *Le Chant du général* au milieu des bataillons d'enfants arborant le foulard rouge ? Ne pas adhérer à l'impensable, se résoudre à l'illusion collective ? Et, éperdu, se dissoudre dans la masse qui, d'un mouvement millimétré, danse sur une musique de cinéma ? A chaque heure du jour et de la nuit, dans mon sommeil comme dans mes journées de visite, à la télé, dans les rues, les couloirs et les lobbies, dans chaque pièce, les stations de métro et les gares, aux carrefours, jusque sur les pin's ornant la tunique de mes interlocuteurs, *Kim machin-truc is always watching me*. J'essaie bien de résister à son emprise, à sa poésie mièvre et hyperoppressante, de ne plus regarder ses portraits retouchés, maquillés, falsifiés. De l'éviter. Mais il est partout, jusque dans la salle du petit déjeuner où, sur de larges photographies, il inspecte un site archéologique, celui des anciens rois des empires coréens. Mais je pourrais aussi me faire une raison, lassé, rompu, aller me faire couper les cheveux à la norme et m'acheter une tunique en Vinalon. Pourquoi lutter ? Après tout, ici, le Grand Leader est le courant fort, le flux, l'élan et l'assise… Il est le Père à trois visages, la toute-puissance, le supermâle alpha et le totem, le ressuscité. Il est en ce pays désolant la pièce maîtresse, le dieu incarné qui guide et ordonne. Le voilà qui se condense par images, par paraboles, en ordres clairs. Ce fils du Peuple s'exprime pour moi et mieux que moi sur les fresques, les mosaïques et les panneaux, les calicots et les drapeaux. Il répond aux dentistes, aux infirmiers, aux soldats voltigeurs et aux tankistes, aux ouvriers, aux mineurs barbouillés de charbon, aux métallurgistes-fondeurs, aux écoliers et aux maris, aux douaniers et aux laboureurs. Volontiers, il s'adresse aux paysannes comme aux intellectuels, aux policiers comme aux sages-femmes, aux mitrailleurs comme aux ambulanciers. Il prend sous son aile le vieillard et l'orphelin, la femme triste et le matelot défait par la tempête. Le Grand Kim est l'ombre apaisante et la lumière qui réchauffe, la paix étale, et il le répète, ébloui parmi les blés montés jusqu'au ventre, tandis que les plaqueminiers ploient sous leurs kakis : « L'agriculture est la fondation de l'univers. » Et les militants, évoquant la figure de ce Père-Terre-Mère, d'en rajouter : « Nous ne pouvons pas vivre loin de son sein. » Non, vous ne survivriez pas à rester sur la berge adverse. Votre existence sur l'ancien royaume de Koryo en dépend. Soumettez-vous ! Ou, à force de frapper, ils briseront leurs gourdins sur l'échine de chacune de vos filles, chacun de vos fils. Après les avoir violés avec.

*

L'alcool est un médicament, certes, mais pas encore au point. En voyage, il apaise l'irritation, gomme les aspérités, vous ajoute ce rien de tendresse dans l'âme et le regard – du moins au début. A la troisième bouteille d'un demi-litre de bière – à défaut d'une vodka russe –, la Corée du Nord s'estompe, mauvais songe, et tant pis si les migraines ou les maux d'estomac m'envahissent ensuite. C'est, en l'occurrence, le seul moyen de trouver le recul pour poursuivre l'aventure puisqu'on ne peut pas descendre de ce truc prétendument en marche mais… immobile. Déplacements, séjours, vols sont coulés dans du béton armé. Dès la première heure il a pris, avec nous dedans, solidifiés.

Ce jour-là, l'hôtel sur le lac Sijung « et ses merveilleuses boues bienfaisantes » est vide. Il n'y a que vous comme client dans la chambrette qui pue le tabac froid, la chaussette sale et le produit chimique pour moquette. Vous êtes un unique astronaute rescapé, errant dans les coursives d'un vaisseau qui poursuit sa trajectoire. A la suite d'un cafouillage du système de pressurisation dans les caissons individuels, tous vos compagnons sont morts, les yeux exorbités, poumons défoncés, dans leurs sarcophages galactiques. La fusée fonce dans la nuit sidérale. Vous n'avez pas eu de formation de pilote cosmique, vous ne savez rien des subtilités de la navigation interstellaire, vous supposez que les algorithmes des ordinateurs sont valables. Et que vous atterrirez quand même à l'endroit prévu. Où est passé Clorinde et ses bottines en veau mélèze à bouts fleuris ?

Il faut reconnaître que j'avais insisté pour visiter un établissement thermal, en province, au bord d'un lac, loin, un truc qui m'aurait peut-être rappelé La Bourboule ou Vichy, avec des gargouillis, des stucs, des cyprès comme des flammes sombres et du gravier qui crisse autour de kiosques où viendrait jouer une fanfare. La brochure précisait : « Un endroit favorable à la baignade car les plages de sable y sont larges et belles. Ici, vous pouvez vous faire servir des *mytilus edulis* ou des coquillages cuits… »

Le lac, d'abord : une étendue d'eau morte, quelques bosquets de roseaux, des berges bosselées. Personne dessus ou dedans. Pas de plages, pas de quais, pas de barques, pas de pêcheurs. Juste, au loin, l'écho des haut-parleurs qui crachent leur harangue entrecoupée de couplets militaires.

L'hôtel, ensuite : un bloc rectangulaire en ciment avec des rambardes bleues, des chambres étroites, draps douteux et néons épileptiques, où les toilettes sont bouchées et où le robinet, quand il a de l'eau, fuit. Le staff de cette « maison de cure » se compose de trois jeunes filles si timides qu'elles en sont craintives (mais n'est-ce pas la même tour à tour agent de réception en livrée, barmaid en *jogori* rose à fleurs dorées, masseuse en blouse d'infirmière, une coiffe adorable posée au sommet de son chignon ?), qui ne comprennent rien, ne veulent rien savoir, font presque la gueule, *your key, sir*, balbutient-elles en rougissant comme des pivoines, et c'est fini.

Les bains, forcément : dans une salle commune carrelée de vert pomme, où nos guides et la soignante entrent en même temps que nous, chaussures aux pieds, deux baignoires remplies à ras bord d'une boue noire, compacte, pâte alluvionnaire hérissée de brins d'herbe et de racines. On flanche. Nous refusons l'obstacle sous prétexte qu'il n'y a pas d'eau chaude, que tout est glacé, le carrelage, les couloirs, nos chambres, et la température qui a chuté. Comment se rincer ? Peut-être demain, à l'aube ? Consternation de M. Kim. Il tenait tant à ce que nous prenions les bains – pourquoi ? Il insiste : ils ont été préparés *spécialement* pour nous, le personnel a creusé le lac exprès, l'après-midi, à la bêche et à la brouette, deux mètres de profondeur, des sacs de jute sur le dos, un travail de taré, pour de la boue fraîche, il n'y a qu'à plonger nu, idéal pour les rhumatismes, les courbatures, les ulcères, les varices, les névralgies, le *spinal trauma*, et si on n'a rien de cela, excellent pour le moral après un voyage. Il nous désigne le panneau qui en énumère les bienfaits. Vous êtes venus pour ça ? Trois cents kilomètres ! Refus. On préfère la bière. Il s'en va, furibard, répétant des trucs qu'on traduit pas.

La bière. Une grande Ponghak. Puis deux, trois, chacun. Et un vieux bourbon chinois, non ? T'es malade ? Ça te grille les nerfs, ce machin, comme un court-circuit. Jette-moi l'eau Kangso et refile-moi une Ponghak !

Clorinde est devenu flou. Je perds mon élocution. Brave fille, la serveuse nous a déposé dix chips, une omelette faite avec deux œufs, quelques brins de chou émincé, au moins huit, notre dîner est pantagruélique. Elle a aussi eu la gentillesse de nous mettre de la musique, un florilège de valses viennoises jouées à la harpe et au luth, pour combattre le silence humide de la salle à manger. Puis elle s'éclipse à son tour, elle s'ennuyait avant nous entre la fresque du mont Paektu et le ronronnement du frigo. Dehors, un chien hurle. Il y a de la vie, donc. On se redécapsule une Ponghak pour fêter ça.

Face à ce néant, ce périple qui sent trop la mise en scène, nous résistons comme nous pouvons, Clorinde et moi. Nous élargissons tout, nous nous immergeons dans nos souvenirs, en nous défiant à coups de références. Se souvient-il, par exemple, dans le feuilleton japonais *San Ku Kaï*, de ces hordes de Stressos qui assaillent les Terriens en pyjama fluo qu'ils combattent dans un karaté hystérique ? Ou de cette série britannique avec Martin Landau (commandant John Koenig), Barbara Bain (l'excitante docteur Helena Russel) et Barry Morse dans le rôle du professeur Victor Bergman ? N'y a-t-il pas des analogies entre la Corée du Nord et *Cosmos 1999* ? Ne sommes-nous pas à notre tour parmi des extraterrestres derrière des hublots peints ?

On en rajoute à qui mieux mieux, le docteur Kimble *(Kim-ble)* est un fugitif et les Envahisseurs ont le doigt levé, bien sûr, et nous voilà littéraires, Larbaud, Melville, Valéry, autant d'antidotes à la fadeur de cet univers clos. Monsieur Teste et Bartleby. Segalen et

Gilbert de Voisins. La solitude du Gouverneur des Kerguelen et les Marquisiens de Taïpi. Fermina Marquez et Billy Budd. Et l'archipel de Mardi, hein ? On évoque des connaissances communes, quelques adresses de librairies et de restaurants, Clorinde raffole des plats du terroir, les ris de veau et la blanquette, le saucisson chaud pistaché, le paleron de bœuf bourguignon, j'applaudis, j'ai l'estomac si fragile, allez, je lui concède la tarte au citron, et j'ai alors une phrase désespérée que seule la Ponghak peut expliquer, je lui crie par-dessus la table, à travers le néant de notre soirée à Sijung, même s'il ne m'entend qu'à peine, « mais, Clor, c'est toute la France que tu aimes bouffer… »

Puis nous entamons une discussion délirante sur la supériorité du sur-mesure face au prêt-à-porter. Clor-le-grand est plus affranchi. Quelle popeline choisir ? Faut-il préférer Lanvin à Charvet ? Et Dior, non ? Qui est le fournisseur de BHL ? Lassance ? Et la différence entre le twill et le zéphyr ? Y a-t-il un gouffre entre le fil-à-fil et le piqué de coton ? Les poignets mousquetaire ? Bon Dieu, le choix n'est-il pas la plus épatante des choses ? Etre un dandy, ici, c'est parier sur la contre-révolution.

Mon camarade m'éclaire avant de piquer du nez. Il a les coudes sur la table et le regard fixe. Son crâne blanc luit comme un galet dans un chemin creux. J'ai l'impression qu'il regarde au-delà de moi, qu'il est ailleurs. Son esprit a franchi les fuseaux horaires, il cavale, il est rue de l'Ancienne-Comédie et marche vers la rue de Seine, trois chemises neuves à col italien sous le bras. Je le ressers. Il revient à Sijung, aux valses autrichiennes, au chou émincé, se lève et titube dans les étages, lourd, maugréant, à se cogner dans le couloir. Derrière les rideaux de mousseline, au pied desquels plusieurs insectes desséchés forment une ligne (le balai n'a pas été plus loin), le lac miroite, argenté, lugubre. La lanterne de la lune s'y est noyée. Le même chien hurle sur la berge incertaine. Eventré ? Nos serrures poussent chacune un cri.

Je sombre comme si je tombais dans un gouffre pour m'apercevoir que je n'ai dormi que trente minutes. Puis ça recommence. Des trucs rapides sur la couverture. Des grignotements dans le placard – une fois, au Vietnam, en de mêmes circonstances, j'avais découvert une volumineuse chauve-souris suspendue la tête en bas entre les cintres. Je préfère ne pas allumer, je n'ai pas ma lampe. Je me persuade que le gargouillis des chiottes bouchées est une lointaine cataracte. Je reconnais la présence du silence à son sifflement – oui, en Corée du Nord, le silence est une mini-soufflerie. J'émerge. Je me rendors, mal. Des heures à tuer. Herman Melville ? Dr Kimble, je présume ? Quelque chose me gratte les orteils. Un quoi ? Pas possible…

A sept heures du matin, tambourinant à nos cloisons, nous arrachant à cette torpeur glacée, M. Kim refait son entrée et nous ramène direct en Corée du Nord, ce cul-de-basse-fosse.

— Monsieur Jean ! Bouchaude ! Bouchaude !

Pour nous faire aller plus vite, il s'est muni d'un double des clés, est entré dans les chambres avec la lobby-girl et il nous pousse dehors, éberlués, les pieds dans nos tongs-méduses. On en déduit qu'un incendie s'est déclaré dans l'établissement, que la boue du lac a pris feu, il y a le feu au lac, que les baignoires sont des brasiers, sortons, j'abandonne ma valise et mes livres, je dévale l'escalier avec le guide sur le dos, Clorinde est là, l'employée avec nous. Mais que se passe-t-il ?

En fait, rien de grave, aucun accident, mais la boue a été chauffée la nuit durant, il nous faut maintenant nous immerger, séance tenante. Mais, ayant mis le doigt dedans, elle est aussi froide et infecte. Refus répété.

— Ou un massage des mollets, avant la route ? Les cuisses ? C'est bon, les cuisses ?

— A sept heures douze du matin, et à jeun ? Pas question !

Impérial, je remonte dans ma chambre et me rendors une heure, tête dans l'oreiller en acrylique.

Même sec, Monsieur Jean a la trempe d'un résistant.

*

Kim Jong-il a quelque chose d'Elton John. Des cheveux bouclés et brossés vers le haut. Des lunettes surdimensionnées Courrèges 1980 qui lui mangent le visage. Même si on le prétend dépensier et jouisseur, il ne parvient pas à dissimuler son vrai fond : un côté ermite, falot, peut-être autiste. Il ne proférerait que des banalités d'une voix de fantôme et n'a montré aucun talent d'orateur, ce qui est en contradiction avec ses prétendues capacités de tribun et son œuvre de « juchéfication ». Pourtant, on sent qu'il peut être aussi capricieux et fantasque. Colérique. Car, en toutes occasions, le Leader veut passer pour supra-intelligent. Il l'est lorsqu'il s'agit de faire perdurer son régime, de laisser les siens et son clan se goinfrer. Le « Fils de l'Humanité » alias l'« Etoile Polaire du Communisme » a l'agilité et le venin du reptile. Il en abuse. Dangereux.

En attendant, il continue à engloutir des litres de bordeaux, du cognac Hennessy, et jusqu'à il y a peu des sushis extra, son péché mignon, que lui préparait son cuisinier nippon – rentré au pays, Kenji Fujimoto a depuis pas mal « balancé » avec deux ouvrages, dont *L'Honorable Général qui aimait les armes nucléaires et les filles*, publiés au Japon. Dès l'aube, le Maître pratiquerait la natation, le patin à roulettes, le tir, l'équitation – sur un mini-poney ? Amateur de vitesse, il a fait tracer un circuit pour ses bolides de course où il tourne seul, aiguille de vitesse bloquée au compteur, devant des gradins vides, l'après-midi jusqu'au crépuscule. Il possède aussi un yacht avec deux toboggans pour la piscine.

Si ses premières compagnes sont décédées, soit dans l'ordre d'apparition l'actrice Sung Hae-rim, la « Brigitte Bardot » locale, l'amour de sa vie, Kim Young-suk, une dactylo du Comité central, la danseuse Ko Young-hui, réputée pour sa « chevelure brillante » (la mère de Kim Jong-un), la quatrième en titre, qui a la prudence de se nommer Kim Ok, elle, est vivante. Elle a un « beau visage rond », ce qu'apprécie le leader, joue du piano, dans son coin, discrètement, mais garderait un œil sur l'agenda de son époux.

Pourtant, on prête à celui-ci l'usage immodéré d'un « groupe du plaisir ». Il serait sous-divisé en trois catégories : le chant et la danse, les massages, le sexe. Chaque été, des jeunes filles sélectionnées dans les écoles secondaires rejoignent ce bataillon envié où on peut entrer… mais d'où l'on ne peut jamais sortir. Elles sont gâtées, habillées et nourries autrement que le bas peuple. Leur modèle ? La troupe du Lido de Paris. Si elles jouent dans tel ou tel spectacle chorégaphié par le dictateur (notamment *La Jeune Bouquetière*, un opéra de sa main racontant l'histoire d'une paysanne s'occupant de sa mère malade et de sa sœur aveugle durant l'occupation japonaise), elles devront être présentes aussi aux soirées, par rotations, à la convenance du patron et de ses invités, vite saouls comme des ânes. Au moment de sacrifier leur virginité, les plus fragiles entameront sans doute ce refrain que tout Coréen connaît par cœur, histoire de se donner du courage : « Nous sommes de petits boutons de rose / Le maréchal Kim nous donne tout pour que nous puissions éclore / Nous deviendrons fleurs et nous les donnerons à notre président bien-aimé… » Mince compensation. Mais, après tout, « Il » est presque un dieu. Le leur.

Toutefois le labeur du Panda est, on ne cesse de le rappeler, « harassant » et « acharné ». Il ne s'accorderait que quatre heures de sommeil par nuit. « Je crois qu'il n'y a pas de fin à ce qu'il est possible de faire », a-t-il résumé, immodeste. C'est ce qu'on appelle une mauvaise évaluation…

En 2008, après deux attaques cérébrales, diminué physiquement, Kim Jong-il a ralenti son activité de dictateur omniscient. Il a désormais soixante-dix ans et est diabétique. Il doit être moins *bunga-bunga*. Fait-il encore danser ses hôtes sur les hits acidulés du Pochonbo Electronic Ensemble, son groupe préféré ? Leur propose-t-il de visionner des films d'action (il en posséderait vingt mille) le samedi soir ? Leur évoque-t-il une énième fois le tournage de *Pulgasari*, sa version personnelle de *Godzilla* ? Avant d'entrer dans le salon où il se trouve, ses hôtes doivent-ils avaler encore ces rasades de cognac ? C'est qu'il est impératif d'être joyeux à partir de vingt-deux heures – autant que lui et ses caciques tintant de médailles – sous la lumière des lustres. Selon ce qui a été rapporté par des malfaisants, la soirée peut tourner à l'orgie : sur ordre, les danseuses dénudées s'offrent, et le dictateur s'amuse à former les couples les plus fantasques, à faire rire son assistance, à exiger poses et pratiques. Le « Soleil Glorieux » ne supporterait pas des invités qui rechigneraient à s'ébattre dans un canapé ou refuseraient des duels à coups de chopes de bière. On est là pour s'amuser ! Sinon, à la nuit tombée, alors qu'il saisit le micro pour un karakoé, comment se survivrait-il, lui, Petit Prince d'une planète épouvantable, parmi les ombres du parc et le murmure froid des grilles, s'il n'avait pas déjà ri un peu ?

En tout cas, le Leader est d'origine extraterrestre. Des preuves ? Kim Jong-il est né le 16 février 1942 sur les flancs du mont Paektu, au fond d'une cabane ensevelie sous la neige. La montagne sacrée émit alors un son énorme ; un double arc-en-ciel illumina les pentes. Une frêle hirondelle descendue des nuages se fit messagère. « Il » était né. « O Corée, j'annonce la naissance de l'Etoile du Paektu ! » Les partisans « emplis de joie, célébrèrent ce grand événement en gravant son nom sur des milliers d'arbres ». Un personnage mythologique, Tangun, fruit des amours d'un dieu-tigre et d'une ourse, qui fonda le premier royaume en 2333 av. J.-C., était apparu au même endroit. On oublia de citer Khabarovsk, en Russie, où selon les archives soviétiques le bébé vint au jour. Le père, Kim Il-sung, y entraînait une poignée de féroces combattants antijaponais.

Aujourd'hui, la propagande répète sans sourciller que, lorsque le Guide se promène dans les champs, tous les arbres fleurissent à son passage. Que la glace fond sous ses après-ski et que les oiseaux gazouillent l'hiver en l'apercevant. Et s'il renverse un flacon d'encre sur une carte d'état-major, un typhon se déchaîne sur la région en question – c'est à chaque fois le (maudit) Japon ! Ou s'il déplie un plan ou des papiers en rase campagne, par exemple sur le blindage d'un char, le vent cesse aussitôt afin qu'il puisse donner ses ordres aux tankistes. De même lorsque le maître s'approche de la frontière avec le Sud, une brume opportune l'enveloppe-t-elle pour absorber ses pas – les sentinelles ennemies ne le tiendront jamais dans leur ligne de mire ! A l'heure de la photo officielle, un rayon de soleil illumine chaque fois son visage. Il sourit derrière ses lunettes *oversize* mais ses lèvres restent pincées. Il applaudit, les mains jointes sous le menton, la houppe gominée vers le ciel. Qui remercie-t-il dans sa contrée amputée de tout au-delà ?

Bien sûr, Kim Jong-il possède les qualités coréennes : la retenue, la piétié filiale, la générosité, le sens du bien commun. Sans lassitude, il passe d'une inspection de cadres grelottant de trouille à la relecture d'un cinglant éditorial pour la presse. Il est un « théoricien hors pair ». Pour se détendre, inspiré, il concocte à l'occasion des scénarios de films, amphigouriques, interminables, ou compose des odes à la harpe, il en a le talent. Son peuple reconnaît avoir grâce à lui « une chance fantastique ». Il le lui rend bien : « Le peuple est comme un dieu pour moi », avoue ce Petit Père.

Parmi ses enfants légitimes et illégitimes, cette Etoile marque une préférence pour son garçon Kim Jong-un (celui-ci, coupe au carré et col officier, ressemble à son grand-père, Kim Il-sung, au point que certains médias sudistes ont évoqué la possibilité de plusieurs opérations de chirurgie esthétique afin de faire coïncider les visages) qui, en 2011, avait entre vingt-sept et trente ans (!). De caractère « fort et intransigeant », ce « Phare de l'Espoir » sera son successeur même si le sujet de la transmission reste tabou – dans ce cas-là, Chang Song-taek, son oncle, sorte de régent, aiderait à la transition. Par contre, son aîné, Kim Jong-nam, né en 1971, a été écarté. Ce crétin a été arrêté en 2001 au Japon avec un faux passeport de la République dominicaine lors d'une visite à Disneyland, qu'il espérait incognito. Plus crédible. Depuis, réclamant des réformes pour le « royaume ermite », il s'est planqué à Macao, fuyant la vindicte de son paternel qui a tenté de le faire supprimer en 2004, à Vienne, et 2009 à Pékin… Idem pour Kim Jong-chol, né en 1981, à qui l'on reproche d'être « efféminé » et de raffoler des jeux vidéo. Evincé de tout projet. Pas sérieux pour des rejetons de dictateur !

Certes, le Leader, garant d'une « grande nation prospère et puissante », est aussi pragmatique. Il a ainsi détourné des fonds de l'ONU pour s'acheter des

Mercedes S, des lingots d'or, des villas, et pris des participations dans des trusts étrangers. Il a aussi favorisé la création de plusieurs zones économiques ouvertes à la Corée du Sud et à la Chine, en échange de devises et de dividendes – la Chine qui, par peur d'un effondrement de son petit voisin sournois, lui octroie des milliers de tonnes de vivres et de pétrole brut. De même doit-on à Kim Jong-il plusieurs idées mirifiques pour la vie quotidienne de ses concitoyens : l'introduction de la pomme de terre (par manque de riz), l'utilisation des engrais naturels (en clair : les excréments humains à défaut d'engrais chimiques), le conseil diététique de ne plus prendre que deux repas par jour (pour cause de famine avérée). Il a eu aussi des lubies : en plus du clonage humain, celui de développer des élevages extensifs de chèvres puis d'autruches africaines. Rien n'a marché au milieu des rizières. Mais, en parallèle, et toujours dans l'optique de se défendre, il a continué à surarmer, à favoriser ses bataillons (politique dite du *Songun* qui met au cœur de l'activité économique l'armée nationale), à développer le nucléaire, à fomenter divers attentats (contre des avions civils, des personnalités, dont jadis le président sud-coréen), à imprimer de la fausse monnaie (il préfère le dollar), à trafiquer de l'opium. Kim Jong-il fait feu de tout bois. On l'appelle le « Génie aux dix mille talents » !

Mais le fils reste dans la geste de son père, Kim Il-sung, le plus vivant des morts, l'Eternel. A son exemple, avec sobriété, le rejeton aime à partager la joie de la première coulée d'acier avec les ouvriers-fondeurs, celle des mécanos dans leur usine de tôles ondulées. Il s'en va conseiller les troupes d'assaut sur la frontière, puis se mêler aux forces vives qu'il encourage d'une tape de la main, fort du passé, bienveillant au présent, confiant en l'avenir. Comme son illustre géniteur, il ne cesse de parcourir la province à bord de son train – non qu'il déteste l'avion mais il redoute les attentats. De donner de sa personne. De faire fonctionner sa pensée. Ici, de faire rectifier un pont, l'arc d'un barrage, le dessin d'un lac artificiel, là, de modifier tel croisement de routes, tel ouvrage défensif. De détourner une rivière, en jouant de ses affluents et en prévoyant aussi les fontes de l'amont, la fragilité du delta, le frai des poissons. Il sait tout, sait tout faire, dans tous les domaines et pour toutes les sciences et les techniques, il n'est jamais avare d'« impulsions décisives ». Il faut voir l'effarement des villageois et des travailleurs sur les photos des journaux ou dans les reportages en boucle à la télévision. Même en multipliant les miracles sur les rives du Jourdain, le Christ avait moins de succès ! A peine descendu de son wagon, caché par ses lunettes de star, il dénoue ce qui était noué, résout ce qui était un problème, trouve la solution juste, remet le village, la ferme, la coopérative, le dispensaire, l'atelier de couture, le salon de coiffure, bref, tout ce petit monde sur les rails par la vertu de son bon sens, son intelligence, sa réflexion, en un mot sa grâce.

Depuis plus de soixante ans, les services d'information se chargent de marteler ces messages, en maquillant les faits, les données et les dates. Après son père, le dirigeant se révèle omniscient, inspiré et généreux. Et Kim Jong-il est partout. Il œuvre. Mieux, il débroussaille déjà les chemins du futur pour son rejeton qui l'accompagne comme un chow-chow. Fierté. Respect. Légère crainte même dans le regard de Kim Jong-un. C'est que le Cher Leader est intraitable, il s'est battu contre l'hostilité du monde, entêté, sans allié. Et s'il a pu être trahi par de mauvais lieutenants, il continue à défier les politiciens du Sud (il leur a maintes fois promis « un déluge de feu »), les calculateurs occidentaux qui l'étranglent de leurs sanctions et les hordes impérialistes en alerte à ses frontières – d'où les 25 % du PIB versés à la Défense. Gouvernail entre ses pognes, les yeux scrutant l'horizon, Kim Jong-il reste « le » commandant suprême. Pour lui, la mer est claire et lisible. Il sait apaiser les flots tempétueux. Il a aussi réussi à camoufler dans des souterrains des dispositifs militaires qui le rassurent. Si nécessaire, il allumera des Taepodong, ses missiles susceptibles d'atteindre la Corée du Sud, le Japon, voire… l'Alaska.

Et puis, heureusement, il a son bon peuple qui lui ne ment pas. Docile. Aimant. Prompt et volontaire… Lors d'une visite officielle – dont on retrouvera les images dans le film-documentaire d'Andrei Ujica *(Autobiographie de Nicolae Ceausescu)* –, le dictateur roumain, pourtant orfèvre en matière de décorum et de grandiloquence, avait été soufflé par la mise en scène tous azimuts orchestrée déjà sous Kim Il-sung. Dès l'aéroport, les dizaines de milliers de Coréens agitant avec frénésie des drapeaux et clamant son nom, les parades monstres où les soldats défilaient au pas de l'oie, les figures synchronisées des gymnastes formant des tableaux réalistes, l'avaient à l'époque laissé sans voix.

Biberonnée dès le jardin d'enfants, ingurgitée à l'école, serinée dans les coopératives et à la caserne (dix ans de service militaire), martelée sur les mosaïques et les affiches (aucune autre image possible), la propagande avait fait plier ce peuple sorti d'une boîte grand format de Lego. Au point de plonger la RPDC dans une fiction vraie. Fiction dont les héritiers continuent, aujourd'hui, à rédiger les chapitres. A leur profit, leur gloire. Vive à jamais Kim Jong-il !

Léger bémol, toutefois : lors d'une entrevue avec le fondateur de Hyundai, Chung Ju-yung, qui ne cessa de tenter de rapprocher les deux Corées, cet aveu du dernier Maître qui lui confiait très mal dormir. Un rêve récurrent le réveillerait, en sueur, paniqué. Traqué puis acculé dans un couloir de son palais, Kim Jong-il se voit jeté à terre, lapidé, piétiné par des centaines de savates. Mourant puis mort, le ventre crevé comme une outre. Avec personne à qui demander secours dans les rangs de son peuple. La propagande n'aurait-elle pas d'impact sur le « Cerveau Parfait » ?

*

Ce temple bouddhique, nous le cherchons depuis une heure. La voiture bringuebale en tous sens. La route n'est plus ni bitumée ni cimentée, c'est une piste en terre caillouteuse, creusée de fondrières, incertaine, elle pourrait se dissoudre tout à coup, évaporée. Son tracé s'émiette. Tiens, on a oublié de raccorder sur deux cents mètres…

Jusqu'à quand nous faudra-t-il rouler avant de nous avouer vaincus, paumés ? Chou blanc au pays du chou jaune ! Aucune indication pour Sokwang. Nous ne possédons pas de cartes routières – il n'y en a pas de disponible pour les civils. Nulle trace de ce putain de vestige ! Et pas un « hésitant » pour l'indiquer. Ces paysans tombent des nues. Pire, on le leur apprend. Ils s'en cognent. Ils ont déjà oublié notre question, notre passage, cette illusion optique, plus prudent pour eux. Oui, ils peuvent l'affirmer : ils ne nous ont jamais vus sur la route empierrée, jamais entendus. Normal, ils n'ont pas le droit de sortir de leur canton *(kun)* sans autorisation. Comment sauraient-ils où se trouve la tombe d'un bonze sur l'autre versant de la colline, eux qui n'ont rien à manger de ce côté ? Si la voiture s'arrête à leur hauteur, ils continuent de marcher ou de creuser la croûte terreuse en gros pavés piquetés d'herbes grises. Une pagode ? Une ruine ? Un escalier aux marches moussues ? Ils se détournent, en marmonnant. Surtout ne pas nous répondre. Parler, c'est le début des ennuis avec le comité du Parti, les services de sécurité, le Bowibu et l'Anjeobu, les indics professionnels, les voisins qui trahissent. Que dire, ne pas dire ? Un édifice religieux dans la montagne, au milieu d'un bosquet de pins tordus ? Alors que les rizières ne rendent pas ? Et qu'il faut s'entraîner ce soir, deux heures encore, pour la chorégraphie d'Arirang ? Ou se joindre à la délégation qui, contrainte, ira déposer des fleurs au pied de la mosaïque du « Dirigeant Politique Merveilleux » ? Ils ont autre chose à faire, ces gueux, que de nous mener vers la beauté du monde. Pour une peccadille, ils risqueraient de filer sous la dénonciation de leur îlotier avec parents et enfants dans l'un des camps – selon les Sud-Coréens et

Amnesty International, il y en aurait six, pour une population carcérale d'environ cent cinquante mille à deux cent mille individus, répartis entre « centres de rééducation et de régénération » et « districts de contrôle total ». Une fois là-bas, derrière les clôtures électrifiées et les miradors, travaillant quinze heures par jour dans des ateliers de fabrication, battus et torturés plus que de raison, ils ne seront plus que des ombres, des survivants, moins que des chiens galeux.

Nos Kim des villes, des « durs », s'agacent de ces Kim des champs, ces « hésitants ». Eux arborent des badges à effigie du grand-papa goitreux (ces mini-décorations s'obtiennent au mérite), ils ont de l'essence, un téléphone portable, une mallette en skaï, un carnet à souches, des liasses de wons serrés par des élastiques, et deux Blancs secoués à l'arrière, ils ont le droit de se renseigner, non ? Non. Alors, dans un nuage de poussière, devant ces faces obtuses, nous renonçons. Va pour la coopérative, la visite suivante, plus sûre ! Là, on sait vers quoi on roule – les rares touristes y vont, pour la vitrine, à la rencontre de citoyens triés qui leur chanteront l'hymne sacré :

Le long de la montagne Changbaek,
Il y a des traces de sang.
Le long du fleuve Amnok,
Il y a des traces de sang.
Aujourd'hui encore,
Sur le bouquet de fleurs de la Corée libre
Se font jour des traces glorieuses.
Ah ! Ah ! Notre général
Le général Kim Il-sung.

On se fera une raison.

Dans sa coopérative-modèle de Chonsam, à quelques kilomètres de Wosan, Mme Sin, prévenue de notre arrivée, nous attend sur l'esplanade rase et nous annonce, sitôt les portières claquées, très fière : mille cinq cents habitants, huit cent quarante-trois cultivateurs, un rendement de cinq tonnes de riz à l'hectare une fois l'an (en comparaison, le Vietnam fait quatre récoltes) et des pommes de terre et du maïs à ne plus savoir qu'en faire. Voire. Car les prévisions, affichées sur des panneaux, n'ont pas l'air si victorieuses. Les engrais manquent. Les tracteurs antiques sont précieux. Aucune mécanisation ou presque. Peu d'animaux en vue. Tout est cultivé à la charrue, à la sueur, aux excréments humains. Mais la dame y va de son boniment et de son sourire figé.

Nous faisons quelques pas, les guides sur nos flancs, chiens fidèles, chiens policiers. Une centaine de maisons sont disposées avec un semblant d'ordre autour de rizières. Quelques bâtiments plus hauts sont peints. A vue de nez, dix personnes dans les rues de terre qui colle aux chaussures. Des militaires aussi, raides et las, adossés aux murs. La pelle remplace le fusil.

— Si vous n'obtenez pas les quotas ?

— On demande des efforts, en travaillant de nuit. Et je rebranche les haut-parleurs pour le courage… jusqu'à deux heures du matin.

Il faut élever la voix pour s'entendre car ces engins crachent de partout leur musique. Difficile de parler dans ces conditions-là. Eux semblent ne plus entendre ces harangues.

Tout serait donc pour le mieux ?

On nous l'assure. Mais on voit bien que dans le dispensaire il n'y a personne, même pas d'infirmier ou de médecin (« il est allé à la ville puisque tout le monde était en bonne santé »), que le magasin a des rayonnages clairsemés, que le salon de coiffure n'attend pas de client (ces employées qui font aussi office de masseuses rient sous cape en nous voyant, la main sur la bouche, la tête baissée), et que les sacs de bonbons, à cinq euros le paquet d'un kilo, en évidence sur l'étagère, sont à offrir aux « écoliers qui attendent dans leur salle de classe », on n'est pas des ingrats, ni des salauds de bourgeois. Et j'ai beau insister pour me rendre au cinéma, puisque la sonnerie a retenti, et que trois hères vêtus à l'as de pique vont y voir d'un œil torve les aventures d'une Coréenne séquestrée par de vicieux soudards japonais ainsi que le montre l'affiche, je n'en ai ni le droit ni le loisir (à croire qu'il n'y a, derrière, ni film ni salle de cinéma, il s'agit juste d'une façade en planches avec une porte qui mène de l'autre côté du champ boueux), il faut plutôt se diriger vers l'école avec nos bonbons sous le bras, un autre « guide » à col carré étant venu se greffer à notre escorte, déjà composée du chauffeur, de nos deux Kim, de la dame, et de celui-ci en plus, donc, flic en civil qui écoute sans se gêner, avec l'impression d'être entouré d'automates dont on a bien remonté la clé dans le dos.

Or, l'établissement se révélera fermé. Surprise feinte ! Comment pouvait-elle ne pas le savoir ? On le regardera derrière une grille avec quelques animaux en bois peint montés sur ressorts devant, posés comme des leurres – je reconnais une grenouille, un bœuf, un éléphanteau stylisé, mais pas le dernier –, les enfants ayant perdu patience, ils ont disparu, peut-être n'ont-ils existé que dans la fiction de ce village idéal. En attendant, la dame conserve les sucreries, elle les leur donnera lorsqu'ils reviendront (mais où sont-ils à quatre heures de l'après-midi un jour de semaine ?) promis, c'est juré, on compte sur elle, le guide traduit avec application, ou peut-être les rendra-t-elle au magasin pour se faire rembourser sur notre dos, manège qu'elle opère chaque fois que des visiteurs débarquent, ces paquets doivent avoir cinq ans d'allers-retours, et nos piétinements entre les maisons abîmées ont suivi un chemin tracé depuis longtemps.

On aura le droit par contre à la visite d'une maison-modèle, la sienne. Derrière un jardinet où elle entretient son potager, elle occupe trois pièces avec des nattes en paille, des casseroles, deux couvertures orange fluo, un téléviseur, le portrait du Président au mur, en noir et blanc, lui assis, eux debout, lui la main large et ouverte, eux bouche bée, les bras sur les flancs comme du bois mort, la nuque tassée, les yeux comme des traits de crayon.

— Lorsqu'« Il » est venu ici, en 1969, « Il » nous a dit des choses importantes, j'avais six ans, je m'en souviens mot pour mot, tout le village et les alentours ont rappliqué des collines, les hommes sont venus saluer, « Il » a serré la main à mon père, un moment extraordinaire, on n'y croyait pas, de le voir de si près, descendu de sa voiture, « Lui », si grand, avec son chapeau blanc et son costume de ville, nous récite-t-elle de sa voix atone.

Clorinde et moi cachons un sourire. Le boniment ne prend plus ! Où que nous ayons posé nos Church et nos Converse, il nous a été expliqué combien de fois le ou les leaders sont venus, à quelle date, en quelle occasion, ce qu'ils ont ordonné sur place, inspirés par la situation. Ici aussi, leurs sentences ont été gravées sur une stèle. Il y a plus de quarante ans, dans cette région rongée, Kim Il-sung aurait encouragé les coopératives à planter plus de kakis. Devant un arbre courbé sous ses fruits, il avait interrogé le chef du village :

— Combien de kakis sur ces branches ?

— Cinq cents environ, camarade président.

Après avoir évalué les frondaisons, l'auguste aurait rectifié, sûr de lui :

— Je dirais huit cents…

Les paysans ont vérifié. Il y avait bien huit cent trois kakis dans les branches. Sa fulgurance a été immortalisée au burin. Le minimum pour un homme qui sait tout.

*

Pyongyang serait un Etat « proliférant ». Dans le sens où, derrière son apparente vitrification, il n'a eu de cesse de faire… tache d'huile. Car si le royaume, fort de ses importantes ressources minières (fer, charbon, magnésite, graphite, etc.), s'approvisionne par des filières clandestines, il revend ses bombinettes en Afrique et au Moyen-Orient. Armes classiques, chimiques, voire bactériologiques, le catalogue est large. De même, au mépris de la résolution

1874 du Conseil de sécurité, la RPDC met-elle au point, non sans difficultés, des lanceurs et des satellites d'observation, les Unha [1], et des missiles intercontinentaux inspirés des Scud soviétiques, les Taepodong 3 – les essais civils servant de tests aux matériels militaires. Elle a aussi été partie prenante dans le réacteur nucléaire syrien de Daïr Alzour, qu'Israël détruira en 2007. De son côté, l'Iran, qui considère ce pays asiatique comme un allié, lui achèterait des matériaux « sensibles ». Si besoin, le royaume rouge dépêche des équipes d'experts – une poignée de ces hommes opérant en Libye n'aurait pu rentrer chez eux, Pyongyang les considérant contaminés par les révolutions arabes.

De toute façon, les Nordistes continuent d'épouvanter. Ils jouent l'épreuve de force, sur deux niveaux, dissuasion et chantage. En gros : « Ne me touchez pas, ne me marchez pas dessus, ne m'acculez pas dans une impasse, car je suis vicieux, je mords, j'ai une bave à virus et, une fois affamé et désespéré, je me montre capable du pire. » Leurs tentatives balistiques agacent et leurs essais nucléaires avec du plutonium de 2006 et de 2009 sont là pour avertir. Ce savoir-faire est encore partiel, certes, mais avéré, y compris avec de l'uranium enrichi, qui serait utilisé pour une troisième tentative. Les Kim font leur maximum pour s'imposer comme puissance atomique.

Les Etats-Unis, dont les troupes stationnent à Séoul, de même que le Japon, l'ex-puissance coloniale

1. En avril 2012, une troisième tentative a été de nouveau un échec.

exécrée par les Coréens, ne savent plus trop comment prendre ce voisin complexe et versatile qui leur promet régulièrement une « mer de feu », sinon en le contenant, et en passant, selon le jeu des administrations, de la détente à l'intimidation. Voire à l'échange intéressé : retour des inspecteurs de l'AIEA expulsés manu militari en 2009, moratoire sur la suspension de l'enrichissement de l'uranium et des essais de missiles, gel ou abandon de structures dans la centrale de Yongbyon bâtie avec l'ex-URSS, contre la livraison de centaines de milliers de tonnes de vivres. Mais comme la Corée est hermétique et la langue de bois d'un usage courant, les Kim racontent ce qu'ils veulent. Et dissimulent ce qu'ils peuvent. Pas vus, pas pris ! Sont-ils hyperdangereux ? Les avis sont partagés Une attaque d'envergure les condamnerait à une riposte majeure. Voire un anéantissement. Or les Kim veulent poursuivre coûte que coûte leur règne démoniaque. Il faut donc miser, à terme, sur un effondrement de l'intérieur – le chemin sera ardu.

Après une politique de conciliation entre 1998 et 2008 *(Sunshine Policy)*, la Corée du Sud, elle, se montre moins compréhensive. Le président Lee Myuang-bak, surnommé « le Traître », reste un opposant aux Kim et d'ailleurs son pays a été régulièrement menacé d'« actions spéciales des forces armées révolutionnaires ». Jadis, un commando fut même dirigé contre la Maison bleue, la résidence du président sudiste. Le temps où Séoul inondait sans contrepartie sa voisine de subsides et de ravitaillement, afin d'être tranquille sur ses arrières, est terminé.

Même si dans la zone de Kaesong – à l'exemple des zones spéciales du Nord où la Chine a investi –, une centaine d'entreprises du Sud emploient cinquante mille ouvriers semi-esclavagisés, elle doit encore faire face à son frère ennemi avec qui la paix n'a pas été signée. Et, connaissant l'animal, elle entretient une armée conséquente de sept cent mille soldats et de quatre millions et demi de réservistes. L'armistice n'est pas la fin du conflit ! Cependant son inquiétude est paradoxale : car si les frontières s'ouvraient, le Sud aurait à supporter, à l'exemple de l'Allemagne de l'Ouest avec la RDA, la remise à niveau des vingt-quatre millions de Nord-Coréens, échappés des geôles d'un Moyen Age contemporain. Le coût ? Des centaines de milliards d'euros. Pour un résultat hypothétique – Séoul exigerait que les Nordistes ne déferlent pas chez elle, quitte à respecter une séparation territoriale. Réunifiés certes mais chacun chez soi ! Un comble ! De quoi faire vaciller le Sud de toute façon…

Désormais, il entend conditionner son aide au désarmement et aux réformes économiques qui tardent à venir. Mais inutile d'en rajouter dans la provocation ! Comme, dernière en date, au plus fort de l'hiver, cette inititiative qui a mis Séoul dans l'embarras, lorsque des militants ont fait s'envoler au-dessus de la ligne de démarcation un millier de ballons emportant des paires de chaussettes en laine. Avec autant de tracts anti-Pyongyang. Affront et rage pour les enfants de papa Kim !

Par ailleurs, si la Russie se rapproche pour asseoir ses intérêts (gazoduc), l'Europe tient ses distances – une aide alimentaire et humanitaire, entre 1995 et 2008, équivalant à 380 millions d'euros, a été accordée puis suspendue. La France, elle-même, y a contribué. Même sans représentation diplomatique sur place, Paris envisage d'ouvrir un modeste bureau de coopération culturelle et a renouvelé son programme d'expertise sur les sites archéologiques de Kaesong… Quant à la Chine, elle reste l'alliée compliquée de la RPDC et, à coups de « perfusions », son partenaire économique (83 % de son commerce extérieur), tentant d'encourager au passage un début d'entreprise privée. Ce qui n'est pas du goût des dirigeants nordistes qui ramassent d'un côté mais serrent la vis de l'autre – il ne faudrait pas qu'une classe enrichie, et donc bourgeoise, vienne entraver l'élan juchéen ! Si un premier accord a été donné en 2002 pour pouvoir cultiver des parcelles privatives (suivi d'un coup de frein en 2009) et ouvrir des marchés régionaux, le Parti et l'Armée ont gardé la main dessus. Car, d'un point de vue stratégique, Pékin voit aussi d'un sale œil cette réunification : passé le séisme, elle se retrouverait face à une Corée hypernationaliste, proaméricaine, vitaminée aux dollars, fer de lance de l'ultralibéralisme. Et désireuse de revanche. La Chine aurait perdu un peu de sa sphère d'influence. A cette heure, elle ne « lâche » toujours pas son camarade qui joue pourtant avec ses yuans, ses nerfs et sa patience.

De fait, les Kim prospèrent sur cette incertitude, ces lâchetés. Mais, paradoxalement, les Nord-Coréens sont les premières victimes de ce régime déviant qu'ils servent mais qui les opprime depuis des générations. A plusieurs reprises, l'ONU s'est alarmée de la situation intérieure. Elle a déjà fait adopter une résolution par la Commission des droits de l'homme, en 2008. Sans équivoque. Elle y dénonçait entre autres la violation des droits élémentaires, les restrictions aux libertés de pensée, d'opinion et d'expression, les limitations de circulation dans le pays, ainsi que les mauvais traitements et la discrimination envers certains groupes de la population, dont les handicapés.

On croirait une imitation besogneuse de l'Allemagne nazie. Or, rien n'a changé depuis. Pis, les images par satellite de 2011 ont montré que les camps avaient pris de l'ampleur. Le plus vaste ferait cinquante kilomètres de long sur quarante de large. Cinquante mille détenus pour celui-ci. Personne n'en conteste ni l'existence ni l'horreur. Qui s'en alarme ? Sous le glacis, cet autre « pays du matin calme » fait régner l'abomination. Silence, messieurs les Occidentaux, ici on casse les fortes têtes, lave les cerveaux, torture au fer rouge et à la baignoire, et on pend les irréductibles dans les goulags, des cailloux enfoncés dans la gorge afin qu'ils ne hurlent pas leur haine au dernier moment.

*

— Quatre-vingts euros, cent soixante pour vous deux, on ouvre le tumulus. Les fresques sont exceptionnelles.

Nous tombons des nues car nous avons roulé au moins une centaine de kilomètres pour arriver sur ce site… au prix prohibitif.

— Sinon, vous ne descendez pas. J'avais prévenu à Pyongyang.

— Mais sans nous préciser le coût. Cent soixante euros la visite ? De la folie.

— En euros et en cash.

Il s'agit d'une butée herbue, haute d'une vingtaine de mètres, comme un gros sein de terre tassée, plantée au milieu de nulle part. Au pied, une stèle rappelle que ce site a été classé par l'Unesco en l'an 93 selon le calendrier des Kim, soit l'année 2004. Une poignée de pins l'entoure ; trois érables distillent leur sagesse feuillue. A trois cent soixante degrés, une plaine rase s'étale et, à l'ouest, échoue sur une montagne. Le soleil est puissant. Une heure de l'après-midi. Vingt-cinq degrés. Pas d'autre visiteur que nous au terme de ce calvaire.

— Quel roi, dites-vous ?

— Anak, un souverain glorieux, IVe siècle.

Jadis amateur de bande dessinée, ce nom me rappelle les albums de Jacques Martin où, durant l'occupation romaine, Enak (toge bleue, frange noire, teint foncé) était le compagnon d'aventures de l'intrépide Alix, un demi-Gaulois (toge rouge, cheveux blonds, teint clair). Mais a priori, aucun lien entre les deux…

Dans la maison du gardien, où un salon pour les hôtes de marque a été aménagé, une douzaine de photographies grand format punaisées aux murs résument ce que nous ne descendrons pas voir dans les entrailles du sanctuaire : un plafond en emboîtement, des colonnes carrées couronnées de chapiteaux, des fresques éteintes. Un monde englouti, donc.

Nous décidons de déjeuner sur place avant de reprendre dans l'autre sens la trentaine de kilomètres de piste où la voiture a souffert autant que nous, puis la voie secondaire cabossée et enfin l'autoroute. Tant pis. Tout nous semble idiot.

— Tu comprends qu'ils se sucrent sur chaque entrée et se partagent l'argent. Une magouille. Idem pour les bains de boue, pourquoi crois-tu qu'ils aient tant insisté ?

— Faisons-en un principe. Refusons cette forme de racket. Niet.

Dépités autant que nous, ils viennent de perdre une somme colossale, nous ne verrons rien du site, les Kim déballent de maigres provisions autour desquelles nous faisons cercle, assis sur les talons, à l'asiate. Le gardien se joint à nous et, sur le tapis d'aiguilles rousses, nous trinquons à la bière. Avec des baguettes, nous avalons l'invariable kimchi et partageons à six une aile déliquescente de poulet, quelques rondelles de patates dures, en oubliant l'anicroche. M. Kim nous confie que les rares fois où, avec des officiels, il est sorti de Corée du Nord, il est tombé malade à cause de la nourriture, trop riche, trop grasse. Leurs estomacs peu habitués ne supportaient pas. Une hécatombe dans la délégation. Cette fois, il n'y a aucun risque.

Le gardien à casquette confie, timide :

— Moi, c'est la première fois que je mange avec des Blancs.

Je lui fais répondre par M. Kim :

— Moi, la première fois que je mange sur le dos d'un empereur.

Tous ricanent car ma blague est assez révolutionnaire pour plaire. Et puis chacun s'en va fumer et roter de son côté, les yeux dans le flou, un cure-dents à la lèvre, pensif dans la chaleur.

Affalé sous un arbre, la main droite sous le menton, comme un personnage de Renoir abandonné dans l'herbe, Clorinde reste bouquiner *Aux couleurs de Rome* (1927) de Larbaud. Je vais tourner autour du gros tumulus, rond et hermétique – l'entrée encaissée est trahie par une langue de pierres. Puisque personne ne se soucie plus de moi, je pourrais forcer la porte pour descendre dans le tombeau… Mais quelque chose me retient et m'engourdit. L'air est chaud, poivré. Pris dans une narcose, je m'allonge sur le flanc à l'ombre, déjà tiède. Une sieste. Oui, voilà ce qu'il me fallait, un petit somme en me servant de la butte comme d'un gros oreiller. Sacrilège ? Non, car je sens bien que ce monarque sec comme une vieille gaufrette ne s'en vexera pas, tout insignifiant qu'il est devenu. Sans façon, je pose mon sac, mon *Mardi*, mon mal de reins (maudite route) et cette heure navrée sur son tombeau de pierre. Entendrai-je, montés de l'intérieur, le murmure de ses concubines aux cheveux laqués ou celui de ses pages alignés comme des figurines de plomb ?

Autour, des grillons zézayent, entêtés. La terre exhale et respire. Chaque arbre fait poumon de feuillage. Remuements lents. La plaine poudroie jusqu'à l'horizon, fixe et tremblée à la fois, et je ne vois rien venir : aucun nain échappé qui se cacherait dans notre coffre, aucun ballon emportant des moufles et des chaussettes en laine, aucun lâcher de tracts, nul avion pour rayer de son sillage de mousse ce ciel sans oiseau, piégés et dévorés depuis longtemps… Personne ne pousse jusqu'ici, je suis un naufragé sur un mamelon perdu, cerné par un océan de terre rase.

A l'ouest, plusieurs nuages malingres font un peu de vol stationnaire, entourant un plus petit, rosé, qui semble contenir une amorce de feu, comme une pierre précieuse.

Quelle heure est-il dans ma vie nord-coréenne ?

*

A Nampo, l'hôtel est gardé par des soldats qui, l'arme au pied, devant une herse, checkent nos papiers, notre ordre de route. Pointe d'angoisse lorsque nous franchissons le portail. Mon stratagème aurait-il été découvert ? Sommes-nous emmenés dans une caserne pour un interrogatoire ?

— Notre hôtel ? Ça n'y ressemble pas.

— Pour les cadres du régime.

Au milieu d'un bois d'acacias, une poignée de chalets s'égaillent entre des parterres fleuris. L'atmosphère rappellerait la Suisse. Sept voitures, dont des Mercedes, sont garées sur le parking – la chose est assez inhabituelle. Tant de monde ? Un mariage ? D'autres touristes ? M. Kim nous rassure : les officiers méritants du Parti et quelques hauts dignitaires viennent se reposer ici en famille, ils profitent des sources qui, captées en amont, alimentent les jacuzzis des suites de luxe. J'aperçois un monsieur important en survêtement. En compagnie de son épouse, mais l'un derrière l'autre, ils se dirigent au ralenti vers les tennis et les tables de ping-pong. Deux autres Kim en tunique brillante (du Vinalon, bien sûr !) se sont calés sur un banc, le visage au soleil, la canne à bout métal de côté, à regarder l'herbe pousser. Ils sont parcheminés, sérieux, concentrés. Ereintés aussi. De quoi ? De leur effroi ? Du système qui les broie autant qu'ils broient les autres ?

A l'intérieur, le hall du resort est décoré par les invariables fresques du mont Paektu. Il est aussi désert que le reste mais la grande salle à manger aux murs vert pâle et au plafond gaufré héberge trois frigos à cloison transparente ronronnant de plaisir. Pour une fois, c'est Noël : du champagne, des vins chinois, du cognac, des packs de Carlsberg. On se sert et on règle au comptoir lorsque la barmaid passe une tête. Les tables ont des nappes, de vraies serviettes, des chaises gainées de housse. La climatisation marche. Fond musical. Sur trente mètres de long, la baie vitrée ouvre sur une clairière ombragée de saules, un début de pelouse en pente, un bassin ovale. Il ne manquerait plus qu'une Pomone en stuc et du lierre.

Visiblement en voyage d'affaires, quatre Anglo-Saxons, peut-être des Australiens, costumes de bonne coupe et dossiers sous le bras, s'installent à quelques tables de la nôtre, avec leurs guides. Ils ne cherchent pas à nous parler. Ils se fichent (ou se méfient ?) de notre présence et nous de la leur. Ils trouvent obscène que nous fassions du tourisme en RPDC, et nous dégueulasse qu'ils soient là pour du *business* avec le régime. Qui est le cynique de l'autre ? Dialogues de sourds. On s'ignore, donc…

Derrière eux, un Kim, sa femme et leur gosse de seize ans commandent des plats et des limonades. Ils sont exigeants. La fille au visage boutonneux renvoie un bouillon qu'elle ne juge pas assez chaud ; la mère chipote dans son bol à kimchi ; le papa hésite, réfléchit à haute voix, commande autre chose après avoir parcouru la carte, car il y a une carte avec plusieurs plats possibles. Même en civil, dans son jogging citron à bande bleue, trois cheveux mouillés courant d'une oreille à une autre, un général reste un général !

On s'assoit pour boire un verre, un autre. Les soucoupes arrivent, tièdes, en portions correctes. Il y a du pain de mie décongelé et du thé à volonté. Un peu de viande – mais de quel animal et venu d'où ? Un rabiot de chips. Que le Parti a du bon ! Mais toujours pas d'internet au lobby (coupé du monde depuis six ou sept jours déjà, je voulais prendre des nouvelles des miens, à Paris) et pas d'eau dans les chambres. A dix-neuf heures trente, alors que les convives se dispersent dans les coursives, on va se coucher, en emportant des bières dans le chalet dont Clorinde et moi partageons deux chambres démesurées à la moquette verte.

Dehors, au milieu des buissons froids, l'obscurité est un mur qu'aucun éclairage ne repousse. Sans lampe-torche, je ne distingue même plus le tracé des tennis, des parterres fleuris, juste la masse du feuillage qui bruisse dans un frisson souple. Les haut-parleurs ont été coupés. Où sont les locataires ?

Ni télé, ni radio dans la chambre. Elle ressemble à un claque avec son lit *king size* encadré de miroirs, son jacuzzi. Un gargouillis et un hoquet dans le mur me ramènent à la conscience. L'eau ! Je remplis aussitôt la baignoire jusqu'à ras bord. Pensant y finir ma soirée comme on noie son chagrin, j'ai posé une bière sur la margelle et je feuillette, apaisé, décidé à en profiter, dans un silence que le trop-plein trouble de son gargouillis, quelques poèmes du recueil de Marcel Thiry : *« Toi qui pâlis au nom de Vancouver / Tu n'as pourtant fait qu'un banal voyage / Tu n'as pas vu les grands perroquets verts / Les fleuves indigo ni les sauvages… »*

Régulièrement, deux de mes orteils actionnent le robinet d'eau chaude. Depuis une heure, je flotte dans le liquide amniotique, je somnole, je rêvasse, le temps se dissout sous l'ampoule nue… Et puisque la baignoire est large et profonde, qu'aucune secrétaire ne m'a rejoint pour me brosser le dos, je m'immerge en apnée, faisant des bulles et des mouvements. *« Donnez-nous de dormir dans des chambres pensives / A l'hôtel habité du seul après-midi / Bleuité des plafonds, mer au loin, paradis… »* C'est alors que le recueil glisse du rebord, tombe à l'eau. Tout livre plongé dans un liquide passant un sale quart d'heure, je récupère une pieuvre de papier, dégoulinante, poisseuse, où chaque page est devenue illisible. Ne sachant qu'en faire – après tout, ce n'est qu'un livre de poche –, je l'abandonne dans la corbeille en osier. Tant pis.

A six heures et demie, le lendemain, je suis debout. Je veux sortir, je ne tiens pas en place – il faut que je furète, renifle comme un limier. Si je m'écoutais, j'irais faire un jogging entre les rizières avant de petit-déjeuner ou j'entamerais une partie de ping-pong avec un jardinier, un vigile, un colonel insomniaque… Après un semblant de toilette – l'eau manque de nouveau mais j'en ai gardé un broc –, je dévale l'escalier du chalet. Mais, barrant l'entrée, un type est allongé de tout son long, face vers le mur. Tout habillé. Avec ses chaussures. Un des Australiens de la veille. Mort ? Blessé ? Je le pousse du pied. Non, il ronfle. Il est saoul. Je l'enjambe pour sortir. Peine perdue ! Notre chalet a été verrouillé. Je m'acharne sur la porte puis, sans réfléchir, ayant débloqué la porte-fenêtre qui coulisse sur son rail, je saute dans le jardin mort.

Les allées sont crayonnées sous l'aube maladive. Cachés, les haut-parleurs me cueillent aussitôt, leur musique rebondit entre les arbres comme si je l'avais redéclenchée. Personne au village des Schtroumpfs ! Les caciques roupillent ou lutinent leur secrétaire. Derrière la grille, la sentinelle compte cent pas, l'arme à la bretelle. Après elle, les rizières se déploient à l'infini... Il me faudra attendre une heure pour qu'on daigne m'ouvrir et que je puisse avaler une tasse d'eau tiède et un œuf d'une drôle de couleur.

On repart. Ce matin, mes trois Kim sont d'humeur guillerette mais ils ont les cheveux qui tirent. Ils ont abusé hier soir de l'alcool de riz. Ils profitent bien de ce périple, d'ailleurs le coffre contient quatre cartons scotchés qui n'étaient pas là à l'aller. Coup de téléphone avant de franchir la herse. A l'avant, M. Kim 2 parlemente puis, gêné, les choses le dépassant, refile l'appareil à M. Kim. Celui-ci fait ranger le véhicule sur le bas-côté et se retourne. Sourire de travers, mèche en berne, il demande :

— Chambre 124 ?

— Oui.

— Pourquoi un livre dans la poubelle ?

— Il est tombé dans l'eau et n'est plus...

Ma chambre a été fouillée, l'information est remontée aussitôt, de la femme d'étage jusqu'au responsable, et de celui-ci à mes anges gardiens, avant que nous ne quittions l'établissement : l'un des deux Français a laissé (exprès ?) un livre de poèmes (peut-être codé, les vers rappelant des formules) dans la poubelle de la salle de bains. Pourquoi ? A leurs yeux, c'est un geste aberrant car n'importe quel ouvrage vaut une fortune. Et il ne manquerait plus que ce titre ne soit pas autorisé par la censure (y en a-t-il qui le soient ?) pour que ça aille plus haut, imaginez un hôtel dévolu aux pontes du régime, et précipite chacun, complice, dans les emmerdes.

— Vous ne le rapportez pas, monsieur Jean ?

— Ecoutez, je ne peux plus le lire, les pages se sont...

— Alors, ils vont le détruire.

Et, après avoir donné son ordre sec, notre guide raccroche et relance la voiture. Avec la satisfaction d'avoir fait son devoir et de m'avoir protégé de moi-même. Aurait-il vu *Farenheit 451* de François Truffaut ? Dans ce film, inspiré du récit de science-fiction de Ray Bradbury, les livres sont passés au lance-flammes par des brigades spéciales car, selon les autorités, ils rendent leurs lecteurs « tristes et asociaux ». Non, il ne l'a jamais vu. En 2011, sans s'en douter, M. Kim le vit.

*

Mais puisque tout est Juché, que tout sera Juché, qu'est-ce que le Juché à la fin ? Insondable question car le Juché est beaucoup plus que le Juché. Le Juché est l'alpha et l'oméga de chaque atome. Il est aussi un tout, inatteignable, renouvelé. Et toi, donc, tu n'es rien, cloporte misérable, sans le miel onctueux et l'harmonie chantante du Juché…

Récapitulons ce que nous savons sur ce galimatias qui s'applique à tout Coréen. D'inspiration marxo-léniniste, le Juché se veut un avatar du communisme, mâtiné de confucianisme, sous un angle régional et obtus. Il prône une société égalitaire et sans classes, athée, où les principes d'autosuffisance économique, d'autonomie militaire et d'indépendance politique sont les socles fondateurs. Il dissimule en réalité un nationalisme dominateur et agressif ainsi qu'une redoutable machine de propagande. Au cœur de cette entreprise centripète et hermétique, le Coréen symbolise l'espèce humaine – même si, bizarrement, il est obsédé par sa « pureté ». Une fois bien juchéifié, il devient son propre maître et jouit d'une vie nouvelle. Puisqu'il a compris « la position à adopter face à l'univers ». Rien de moins.

J'ai compulsé trois ou quatre de ces livrets bleus, en vente partout à un euro pièce. Voici quelques principes de cette philosophie qu'il faut répéter pour s'en convaincre :

« L'homme est l'être le plus puissant du monde et il est le seul capable de le transformer. »

« Les masses font l'histoire de la société. »

« L'histoire de l'Humanité est l'histoire de la lutte des masses. »

« La priorité est à la transformation idéologique. »

Evidemment, cette lutte titanesque est menée par les plus éclairés d'entre eux : les Kim, père, fils, et petit-fils, maison dictatoriale depuis 1948. On ne change pas comme ça une dynastie qui, par droit de sang, sait où il faut aller. Sacrés Ubus ! Eux seuls œuvreraient pour le bien de leur peuple et donc, par extension, celui de l'Humanité. Ils sont les porteurs du Progrès, les tacticiens rusés, les moteurs, les gardiens. Du coup, même si dans leur dialectique l'évolution est basée sur le conflit avec l'Autre (le Sudiste, l'Américain, le Japonais, l'ONU, l'argent, etc.), quiconque voudrait les arrêter se mettrait en travers de l'intérêt général. Il faut donc que les Kim persévèrent pour qu'un jour tout soit meilleur dans le meilleur des mondes. Vous devez leur faire confiance.

La population a gobé le truc. Ou plus exactement, après trois ou quatre générations, elle fait tellement semblant d'y croire qu'elle a fini pour moitié par s'en convaincre, et pour l'autre par feindre d'y adhérer de crainte d'être dénoncée. Né dans les années cinquante, soixante, soixante-dix, le citoyen de base a-t-il connu autre chose ? Peu de contact entre les provinces, les villes. Il faut une « autorisation de déplacement » pour bouger à l'intérieur et un visa *de sortie* pour franchir la frontière ! Ces vingt-quatre millions d'individus ont été pareils à des scaphandriers individuels, plongés au fond d'un lac, piétinant dans la boue, n'espérant au mieux qu'une goulée d'air vicié de temps à autre. Depuis des décennies, il leur a fallu s'en tenir au filet d'informations officielles qui perle jusqu'à leur hameau et les carreaux de rizières. Et écouter jusqu'à la migraine les radios abrutissantes du Parti ou les programmes de la télévision aux canaux bloqués. Accepter envers et contre tout l'hypnose collective…

Toutefois, la porosité de la frontière chinoise et l'évolution technologique ont lézardé l'impeccable façade. Des denrées et des produits manufacturés arrivent en Corée du Nord, certes, mais aussi des postes de radio à trois euros, des vidéos, des lecteurs de CD, des clés USB et des portables que l'on retrouve sur les marchés parallèles – afin de pallier le système défaillant, des milliers de marchands nord-coréens ont obtenu, parfois avec de copieux pots-de-vin, des passe-droits pour assurer la navette entre les deux pays. Les appareils de technologie récente ont bouleversé les mentalités. Une façon pour les nouvelles générations – et quelques enrichis – d'apercevoir un peu du monde extérieur, telle une éclaircie dans leur ciel plombé. Au point que des unités de police spéciales ont dû être dépêchées pour pénétrer chez les gens et contrôler qu'ils n'écoutaient pas de fréquences « ennemies » financées par le Japon, la Corée du Sud et les Etats-Unis (la plupart du temps animées par de virulents transfuges) ou, derrière leurs rideaux, volume au plus bas, ne visionnaient pas sur leur magnétoscope des feuilletons sud-coréens, voire des séries américaines piratées, comme paraît-il *Charlie et ses drôles de dames*. Désormais, il est possible de rêver à une autre vie. Car, ainsi que le rappelle le proverbe chinois, même dans un trou de souris peut se glisser le rayon de soleil…

Les Kim en chef ne démordent pas, eux, de leur logique. Officiellement, leur politique fonctionne, mieux, elle fait des émules dans le monde. Pour preuve, ces témoignages de reconnaissance qui affluent jusqu'à Pyongyang, ces rencontres constructives avec tel ministre étranger repassées ad nauseam au journal télévisé, ou ces dizaines de publi-reportages, en majorité dithyrambiques, publiés sur cinq colonnes en Ouzbékistan, en Syrie ou en Irak, et repris dans la presse du Parti. Oui, le globe terrestre a les yeux fixés sur la RPDC et sa lutte contre le néant ! Les hommes du Juché tiennent ferme le flambeau de l'intelligence et du progrès…

Jusqu'ici, père, fils et demain petit-fils ont assez bien joué même si leur *big bazar* vacille, tangue parfois, se lézarde beaucoup. Chapitre après chapitre, leurs scribes à nuque rase continuent à délivrer cette pseudo-pensée qui veut régir tous les domaines : la révolution, on l'a dit, l'économie, l'éducation, la stratégie, l'ingéniérie et les sciences, l'agriculture, mais aussi le sport, le journalisme, le cinéma, l'opéra, la musique, la danse, même le maquillage. Et ils aiment à le répéter, « personne n'est si sincère et n'aime la vie aussi ardemment qu'un communiste. Leurs émotions sont plus humaines et plus profondes que celles des autres. C'est pourquoi, partout où se développent les communistes d'un nouveau type, la vie est toujours vigoureuse, vibrante, débordante d'un optimisme révolutionnaire et riche… »

Depuis Kim Il-sung, pour le citoyen de base, il est de toute façon impossible de s'exprimer, d'émettre un avis différent. S'affirmer en tant qu'individu, selon sa conscience, serait se mettre en dehors du peuple-monde. Vous deviendriez un pion fêlé à sortir du plateau. Les mouchards sont là pour ça, et les arrestations purgent le système. Le Parti déteste l'isolé, la forte tête. Le citoyen doit penser en termes collectifs et ne jamais quitter son groupe – le respect confucianiste pour une autorité paternelle et l'efficacité de l'appareil policier faisant le reste. Tenter d'esquisser un faux pas dans la chorégraphie d'ensemble équivaudrait à se couper du (seul) monde réel possible. Et si quelques liasses de wons n'ont pas sauvé votre tête, il vous faudra, vous et les vôtres, finir votre vie comme un squelette survivant dans un pré barbelé, au fond d'un camp de régénération. Bien cher payé pour deux épisodes d'une série télé !

Et puis toutes les dictatures se ressemblent, jusqu'à la rancune. Gare aux transfuges ! Leur famille, leurs proches, voire leurs amis, s'ils n'ont pas suivi, en font les frais. Dénoncer le canard boiteux est une sécurité en soi – si vous ne l'avez pas fait, c'est que vous êtes aussi coupable, on vous embarquera. Une manière d'amputer haut et court le membre gangrené.

Pour autant, derrière les menaces et les leçons de morale des apparatchiks, les défections, même si elles sont relatives, se sont multipliées. Le *Nord-Coreanus* a compris que l'on vivait mieux en face. Et les plus courageux ou les plus désespérés le démontrent… avec leurs pieds. Quelques associations sudistes et des organisations humanitaires ou religieuses tentent de faciliter les choses. Les chiffres sont à prendre avec précautions, certes, mais au Nord, plusieurs dizaines de milliers de fuyards (on parle de deux cent mille) auraient franchi la frontière chinoise – le fleuve Yalu n'est pas si large, il n'y a pas de mines partout et les gardes ne tirent pas à chaque fois. Une fois de l'autre côté, les clandestins, s'ils ne gagnent pas la Corée du Sud puis s'expatrient, survivent dans la misère, parfois « revendus » à des mafieux. Mais, au moins, ils ne sont plus en RPDC ! Pour calmer le jeu, Pékin rafle et réexpédie chez eux, baïonnette dans le dos, vingt ou trente camions de ces misérables de temps à autre. Quant à la police coréenne, elle peut procéder à ses propres descentes, sous l'œil semi-clos des Chinois.

Au Sud, passés dans la Corée voisine, généralement après un franchissement du côté chinois, vingt-trois mille réfugiés ont été pris en charge par des réseaux d'entraide. Ils tentent de se reconstituer un mental, une vie, un destin. Et apprennent à pianoter sur un ordinateur, à conduire une voiture, à utiliser une carte bancaire, à se promener seul dans une ville, et à se nourrir « normalement », en choisissant selon leurs goûts. Toutefois, s'il s'agit de personnalités, elles peuvent faire l'objet de représailles, devenir des cibles. A l'exemple de Hwang Jang-yop, un des théoriciens du Juché, secrétaire du Parti du Travail, qui retourna sa veste en 1997… pour se métamorphoser en chantre de l'anti-Pyongyang. Des exécuteurs furent dépêchés à sa poursuite. Quant à l'activiste Park Sang-hak, qui multiplie depuis 1999 les initiatives antinordistes, il a encore échappé à un attentat en 2011 dans le métro de Séoul.

En se faisant passer pour des réfugiés, infiltrant les filières, les tueurs amadouent les déserteurs. Parfois, se présentant comme des Sudistes bienveillants, ils proposent de l'aide, de l'argent, des contacts. Un piège est tendu. Les moyens pour éliminer le camarade-pas-si-camarade qui s'avance, confiant, à son rendez-vous ? Le pistolet, classique mais bruyant, comme pour Yi Han-yong, neveu d'une des épouses du dictateur, qui tomba en 1997 à Séoul sous les balles. Ou, version adaptée du « parapluie bulgare », l'aiguille empoisonnée. Plus discret. Une fois piqué, on laissera le type suffoquer et pourrir dans un terrain vague ou le coffre d'une voiture. Après tout, il n'est qu'un ingrat qui a oublié les joyeux couplets du Juché…

A Pyongyang, j'avais pu rencontrer l'un des experts de la fameuse théorie au Palais des Etudes du Peuple. Après avoir traversé un labyrinthe de salles et de couloirs, admiré quelques fresques, pris un ascenseur, on me fit entrer dans une pièce étroite aux murs crème, garnis de livres reliés et de journaux en piles. Le professeur en sciences juchéennes me reçut dans la bien nommée « chambre aux questions ». Une barre de tribunal le séparait de ses interlocuteurs. Il fallait poser ses mains sur ladite barre avant de déballer ce qui nous tarabustait. Le Juché est-il soluble dans l'eau ? Adroitement secoué, le Juché adopte-t-il une forme autre ? Non, pas question de se moquer, car une adjudante s'était ajoutée à l'escorte. Elle usait d'un excellent français, appris, m'assura-t-elle, en Algérie (!).

J'interrogeai mon professeur, chauve et plus terne sous le néon :

— Peut-on affirmer que le Juché soit un avatar du communisme ?

Les mains jointes et pointées vers son front, la pointe des index effleurant le point médian entre ses sourcils, il inspira longuement. Puis, ayant tourné trois fois sa langue dans sa bouche, ce pitre savant me répondit de sa voix aigre quelque chose de confus et d'alambiqué dont mes deux traducteurs me firent aussitôt une compote :

— Le travail des masses populaires, si le Leader accepte les forces qui, dans ce cadre, avec la lutte et la vie, sinon la révolution n'est pas possible, et le contenu d'une action commune…, amorça mon adjudante.

— … le Juché tel qu'il est recommandé, son expression, mais sur une base communiste, grâce à l'évolution des consciences, ce ne doit jamais être que si, dans un cas extrême, vous comprenez, une victoire, celle de tous et d'un peuple, conclut M. Kim.

Je remerciai cette figure de carême et sortis de la « chambre aux questions », partagé entre le fou rire et l'exaspération. A se demander si, dans cette société absurde, les seuls citoyens indemnes ne seraient pas, justement, ces prétendus experts : débiter leur logique illogique chaque fois les sauve. Car avouer ne pas comprendre serait se mettre en danger. Le visiteur n'est pas réceptif ? Ne serait-il pas mal éduqué politiquement ? S'agit-il d'un fourbe ? Celui qui ne parviendrait pas à clarifier son âme à la lustrale pensée du « Phare du Vingt et Unième Siècle » serait un mal embouché, un obtus imperméable, un qui-veut-pas-recevoir-la-vérité-et-la-faire-germer-en-lui-telle-une-graine-de-*kimjongilia*. Donc un ennemi potentiel.

Le roi est nu, certes – mais qui le criera ? En attendant, le Juché les fait tous cocus.

*

Six heures du matin. Première tasse de thé. La brume lèche le carreau de ma fenêtre, je ne la laisserai pas entrer. Nous sommes mardi, je lis *Mardi*…

Dans les cales du brigantin à la dérive, les compères n'ont rien trouvé. Ce qui les attend se cache dans les vergues : un Maori manchot, appelé Samoa, tatoué de la tête aux pieds sur une moitié du corps, et une fille des îles, Annatou. Après s'être fait expliquer la situation (le navire a été attaqué, des guerriers ont décimé l'équipage, ces deux-là sont des rescapés, le manchot s'est lui-même amputé le bras), Jarl et le narrateur reprennent le contrôle du bateau et poursuivent leur aventure au gré des vents, dans une liberté qui n'est autre que celle du romanesque.

Rappelons le titre : *Mardi et le voyage qui y mena.* Ce n'est pas le prénom d'un Robinson de plus mais celui d'un archipel des mers du Sud. A la dérive, donc, dans une atmosphère proche d'un demi-songe, nos naufragés se laissent pousser vers le blanc des mappemondes, espérant atteindre ces îles miracles, fortunées et touffues.

L'histoire de ce livre est étonnante. Après un succès avec deux récits, fruits de son expérience dans les mers du Sud (*Taïpi*, *Omou*, 1846 et 1847), pour lequels il fut accusé d'affabulation, Melville décide de s'atteler à une fiction. « L'idée me vint d'écrire un pur roman d'aventures polynésiennes et de le publier comme tel, afin de voir s'il ne serait pas possible que la fiction passât pour vérité : dans une certaine mesure, l'inverse de mon expérience précédente », note-t-il.

Le voyage sera sans carte, au milieu des poissons « têtes d'argent, casqués, nageant côte à côte, en rangs uniformes, comme une armée ». Et le récit file devant lui, au hasard, vers la métamorphose, la fantaisie, avec des phrases à rallonge et des noms pépites. Puis une tempête déferle, tant mieux. Annatou disparaît, tant pis. Les rescapés abandonnent le brigantin et continuent à bord de leur barcasse, le *Chamois*. Ils croisent alors un « canoë double » monté par des Polynésiens. Pour les impressionner, les marins se costument à l'orientale, en s'enroulant de draps et en se parant de verroteries que le soleil incendie, l'apparition de deux émirs devant saisir l'esprit desdits sauvages...

A bord, une jeune femme, européenne ou albinos, prisonnière plus que princesse, Yillah, native de l'île des Délices. Promise au sacrifice. Les marins veulent sauver cette beauté. Le sorcier s'interpose : « Partez et vous vivrez. Restez et c'est la mort ! » Bel adage ! Une bagarre s'ensuit. Le narrateur finit par occire quelques Maoris, dont le méchant sorcier. Ils s'évadent alors avec l'enfant merveilleuse, et tant pis si les fils du sorcier se lancent à leur poursuite. Au large, le héros voit la vie tout autrement. « Un calme enchanteur, et dans ma main, la main de Yillah, pareil à un frôlement. Des visions flottaient devant moi et en moi ; à mon oreille, un murmure : tout l'air n'était qu'un chant... »

On avance à la vitesse d'un canot qui dérive et du récit qui s'invente. Où va Melville ? Il le saura en l'écrivant.

— Je lis donc je lutte, dis-je à Clorinde, qui n'en pense pas moins.

Durant ce périple où, en comparaison, tout nous est obligé et prévisible, nos lectures parallèles que nous commentons avec ardeur nous mettent du baume au cœur. Elles nous sont un antidote à cette

Corée fade qui défile par la lunette arrière et d'où l'on aperçoit, floués par la vitesse, des grumeaux de gens qui marchent, des camions hoquetant leur nuage de charbon, des jeeps avec des militaires, des colonnes de types courbés, tenant des pelles, des râteaux, des sacs en toile de jute, des baluchons d'herbes, nous adressant parfois des signes puis se ravisant, tous très jeunes, la plupart du temps hébétés, somnambuliques, cassés, comme des pestiférés du Moyen Age éparpillés sur la parcelle d'un châtelain invisible et démoniaque. Et tant pis s'il n'y a rien à voir le long de cette départementale aussi nue qu'un genou, tant pis si nous ne pouvons pas descendre de la voiture, même pour nous détendre ou pisser parmi les acacias, que les villages aux murs noircis nous sont interdits d'accès (on n'y passe pas ou, si c'est le cas, interdiction de s'y arrêter), nous continuons à lire, tous deux, comme on se vaccine, chaque chapitre en piqûre de rappel. Oui, n'en déplaise à ces messieurs, la vie peut être multiple, drôle et surprenante, imprévisible. Tout le contraire de ces latitudes bornées.

Parfois, aux abords des tunnels, un soldat s'extirpe de son abri, se plante sur le bas-côté pour nous saluer, martial, ridicule, il n'a pas le temps de déchiffrer la plaque, il part du principe que quelqu'un qui a de l'essence et roule à cent dix kilomètres à l'heure en pleine après-midi est une « huile », il se met par réflexe au garde-à-vous pour s'épargner des ennuis, son pistolet-mitrailleur luisant sur le ventre, avec ses yeux plissés de figurine en plastique, soufflé par l'impact de notre course, une grosse gifle de vent qui s'abat sur lui et le fait vaciller, et puis il disparaît, rapetissé, vexé de nous avoir confondus avec un autre.

De quel néant doit-il être à chaque seconde le serviteur surmené ? J'aurais envie de lui hurler par la fenêtre : « A Mardi ! » Mais c'est trop facile, j'ai le beau rôle, il ne comprendrait pas.

*

Dans ma valise, protégée par un code et un cadenas, la doublure en tissu dissimulant l'armature métallique s'ouvre par une mini-fermeture Eclair. A l'intérieur, contre la coque, entre les barres de renfort, j'ai scotché mon carnet. Chaque soir, j'y consigne les événements de la journée, les réflexions, mes conversations, j'ajoute descriptions et esquisses. Comme un agent en territoire hostile, mes notations sont abrégées, microscopiques, illisibles pour un autre, elles me serviront de matériau pour écrire. Un exemple : « Musée de la Guerre. Torpilleurs en vrac. Obus. Avions abattus et empilés dans des hangars démesurés, leurs compressions rappellent des œuvres de César. A l'étage, salle circulaire, un panoramique de la bataille de Taedong. Gigantesque salle circulaire à gradins, avec étoile au plafond, montée sur une sorte de manège. Comme assis au centre d'un abat-jour, c'est vous qui tournez à l'intérieur de la scène en trompe l'œil, grandeur nature, dans un bel effet de perspective, avec de vrais chars chinois et de vraies maisons en brique au premier plan, le reste derrière réduit par la perspective. Suis l'unique civil de l'assistance – Clor m'a lâché, il n'aime pas les choses guerrières –, parmi une délégation d'une centaine d'officiers, chacun avec casquette sur les genoux, nuque rase et tête droite, parfois un bol carré de cheveux courts sur le dessus, capitaines et commandants. Inspiré, le guide utilise un mini-faisceau laser dont il déplace le tison rouge sur le décor pour pointer ce qu'il faut regarder. Il détaille les coups de main, les contre-attaques. Il cite les unités sacrifiées. Silence grave. Après avoir tourné sur 360°, tandis que la musique martiale reprend de plus belle, générique de fin, les militaires se lèvent d'un même élan et, dans la pénombre, raides comme des quilles, à un ordre descendu de nulle part (est-il enregistré ?) répondent en lançant leurs bras en l'air et en criant "*Mansé ! Mansé ! Mansé !*" (Longue vie !). Je reflue parmi eux, vaincu. Ils me dévisagent sans gêne. Ils me pousseraient dans l'escalier capitonné. Ils se fichent de moi. Mauvais trip. »

Mais je ne ferai pas longtemps le malin. Car, lorsque j'y pense, une crise de parano me saisit dans mon lit célibataire. Je vérifie aussitôt le verrou sur ma porte, les volets sur mes fenêtres, le rideau de douche. Et je m'interroge : pourquoi être venu au pays de la nuit noire ? Pour publier un « voyage » de quinze mille signes ? Afin de livrer quelle information sur cette région de frappés qui ne soit pas déjà connue ? A quoi je joue ? A me faire peur ? Une fois ma valise ouverte à la scie circulaire et mon carnet dépouillé, j'avouerai tout, sans réserve, la vérité et son contraire, au premier simulacre de torture de l'Agence de Sûreté nationale qui m'aura ligoté sur une chaise, et je signerai la décharge dès qu'apparaîtra le parapluie avec sa pointe à venin.

Oui, je suis turbulent, peu fiable, je n'aime pas le Vinalon qui doit gratter les aisselles et l'entrejambe, j'ai menti de bout en bout, le sieur Clorinde n'y est pour rien, il s'ennuyait en France au milieu de ses vélins et de ses papiers japons, il a voulu me suivre non par « association » mais par désœuvrement, relâchez-le, rendez-lui ses Pléiade, quant à moi si j'écris des âneries je vais les effacer au Tippex, publier un démenti, dictez-le-moi, ce sera plus rapide. Ou plutôt, comme le firent ces salauds de marins de l'*USS Pueblo*, devant les caméras du monde entier, j'enregistrerai mon autocondamnation, je suis une rognure de journaliste capitaliste, un petit-bourgeois occidental qui voulait faire de la littérature voyageuse à bon marché. Allez, déchirez mon carnet, messieurs du Bobiwu, tant pis pour Chatwin Bruce et Bouvier Nicolas, je ne frimerai plus, je ne tromperai plus jamais les trois Kim qui, eux, sont grands, beaux et lumineux comme des halogènes dans la nuit des temps, les vivants au moins autant que les morts, si, tout ce que vous voulez, mais rendez-moi s'il vous plaît mon passeport que vous gardez depuis la première heure du premier jour où j'ai posé mon pied sur le tarmac de Sunan, et renvoyez-moi dans la soute d'un avion pour Pékin ou dans un wagon pour Vladivostok, Khabarovsk ou Komsomolsk-sur-l'Amour, n'importe quel patelin de Sibérie plein de o et de k fera l'affaire car je suis OK pour déguerpir… Je ne souhaite plus m'éterniser dans les vertes allées de Kimjong-Land. Tant pis pour mon article, mon livre, ma vocation. Il faut savoir sauver sa peau. Allô ?, vous m'entendez ? C'est monsieur Jean qui vous parle. Je-ne-suis-plus-hésitant !

Mais le miroir de ma chambre ne répondait pas.

*

Bord de mer. Mer de l'Est. Paquebot sud-coréen, cheminée rouge, à quai. Jamais reparti. La rouille pour compagnie. Amarres qui grincent. Containers sans contenu. Quai dur.

« Ville portuaire et lieu de récréation », Wosan est réputée pour ses plages de sable et ses massifs de roses, ses pins centenaires et son bateau-cuirassé-tortue *(sic)*, ses maisons de repos et ses colonies de vacances. Je cherche en vain les estivants de ce radieux mois d'avril. Ils sont allés dès l'aube dans la montagne, m'assure-t-on, en excursion, vers les cascades et les frais jardins botaniques. Tous ?

— Tous et en même temps par autocars, monsieur Jean.

Ici, même si on ne l'avoue pas, on craint les vents puisqu'ils portent des particules radioactives. Nos guides sont moins à l'aise. Nos visites fébriles. Tant pis, il faut sortir quand même, tromper son inquiétude dans les avenues au cordeau, chercher en vain un magasin pour acheter de l'eau minérale capsulée (ou des pastilles d'iode ?), tourner autour de la statue de qui-on-sait, sommeiller dans le hall de l'hôtel Songdoweun où les banquettes en skai craquelé ressemblent à des veaux marins échoués, manger peu et mal dans la salle à manger dévastée (l'eau des toilettes s'écoule dans le couloir, il faut longer une flaque de dix mètres de long que n'absorbe plus la moquette), où il n'y a que nous, Clor et moi, avec deux bières éventées, deux mini-assiettes, deux bols à kimchi, la pulsation de l'océan cognant derrière la fenêtre verrouillée, et la masse du soleil pesant sur la terrasse. Inconscient, je demande une serviette à une ombre qui se hasarde entre les tables – ses doigts sales m'apportent du papier toilette.

Récapitulons : oui, il n'y a jamais que nous, nous ne voyons aucun autre touriste dans ces provinces reculées, il n'y en a pas ou alors les services du tourisme nord-coréen s'arrangent pour que nous ne les croisions pas, que nous n'ayons pas la possibilité de nous refiler des infos, d'où peut-être ces appels matinaux entre Kim n° 2 et sa base, « nous arrivons dans quatre heures, dégagez le hall, ouvrez le parking, vérifiez les micros dans les chambres, rechargez les magnétos à bande, que les agents 1423 et 1756 soient en place, déguisés en jardinier et en soubrette », nous sommes seuls, et nos chambres confinées exhalent un insistant parfum de naphtaline. D'ailleurs, nos draps sont pareils à des linceuls. Et les robinets cacochymes. Il n'y a pas d'eau à l'étage, sans doute pour contrecarrer la fuite du rez-de-chaussée, en attendant cet hypothétique plombier-fonctionnaire dépêché par le comité de je ne sais quoi, tout le monde s'en fout, en plus la haute saison n'a pas commencé, et le nuage fukushimesque terrorise chacun – en raison de la proximité du Japon, l'information a été diffusée depuis peu par Pyongyang. Au lobby, où le téléphone sonne vingt-trois fois sans que personne ne décroche (un bacille a décimé la planète et je suis un survivant, me dis-je, en appelant l'ascenseur bloqué entre les étages comme un sanglot), les horloges murales réglées sur Moscou et Tokyo tournent dans le vide, il n'y a aucun personnel pour s'inquiéter de l'heure qu'il fait autre part, il n'y a pas d'« ailleurs » pour ce peuple de matons et de taulards, c'est un « ici et maintenant » à perpette, une prison sans barreaux. Mais, nous, on ne va pas rester toute l'après-midi dans les couloirs de ce bloc de béton ou dans l'estafette à suffoquer dans des mouchoirs, non ? Merde à la centrale nucléaire !

On nous fait bien sûr le coup de la visite du Président... Au bout de la jetée, Djangdeuk. Une passerelle en bois et en fer qui, dessinant un arc de cercle sur deux cents mètres, s'en va effleurer cette île menue et boisée, lappée par des flots sans écume.

Dessus, un pagodon (interdit), un point de vue (interdit), un bois (interdit), mais tout autour une sente cimentée qui reprend donc, à la trace près, les pas du Président. On tourne dans le sens où le Suprême l'a fait en réfléchissant comme lui sur la marche du monde. Il y a un plan avec des pointillés rouges comme des gouttes de sang. Il faut s'arrêter où il l'a fait, attentif, accueillir en soi l'éclair possible de génie, puis reprendre le tour, dépossédé, jamais délivré. Impossible de se perdre en cette après-midi tiède et salée où bombinent les premiers insectes ailés. Le corps fait poids. La tête bourdonne. Soudain, au bout de mes bras, mes mains me pèsent. Insolation ?

L'îlot n'est qu'un modeste lieu touristique où pas grand monde ne vient, il n'y a rien à voir d'exceptionnel, hormis cette mer d'un bleu lisse qui ondule de chaque côté, et le sentier du Président dont tout un chacun se fiche quarante ans après. Exprès, j'ai laissé filer Clorinde et M. Kim. Car une jeune femme me suit. Ou plutôt, accélérant pour me rattraper puis prenant son temps pour que je la détaille, elle joue au chat et à la souris avec moi, lascive parmi les roches chevelues d'algues qui dessinent leur chaos entre les langues de sable. Que veut-elle ? Assez grande, brune, bien prise dans une robe noire, façon chanteuse de cabaret, qui lui laisse dans le dos une large étendue de peau nue. Talons aiguilles ; jambes miel. Japonaise ? Une habitante de Djangdeuk ? Ou une de ces agents qui, exprès, comme je l'ai lu dans la presse sudiste, parfois délirante, se font engrosser par des étrangers afin de donner naissance à des métis qui, ensuite, seront infiltrés dans le pays du géniteur ?

Voilà que la belle retire ses talons et saute tel un cabri sur un rocher. Elle rit sous cape ; elle a relevé sa robe, me jette des coups d'œil, et court. Je laisse s'évanouir mes compagnons. Où se cache-t-elle ? A l'intérieur de l'îlot, parmi les branches basses et les buissons, sous les pins…

La mer halète à travers les frondaisons. J'entre en dépit de l'interdiction dans le sous-bois. Je la cherche, n'osant l'appeler. Où est-elle ? Dans le pagodon ? Gaffe, il y a peut-être un gardien ou un vigile, un drapeau y flotte. Que lui dirais-je, qui n'a jamais eu besoin de mots, dans ce nid de verdure, à l'écart de la ville ? C'est un remake de Lanzmann et de Kim Kum-sum ou quoi ? Mais non, l'inconnue n'est plus là, elle a glissé sur l'autre versant, elle trottine sur le rivage sud, ses talons à la main, *flip-flap, flip-flap*, ses pieds résonnent sur la sente en ciment que deux ou trois vagues ont léchée.

Je reflue et reprends le chemin, pressant le pas.

Devant moi, de l'eau jusqu'à la taille, des pêcheurs dans des tenues de plongée rafistolées de rustines remontent quelques huîtres. Adroitement, ils en brisent la coque pour récupérer la chair et la jeter dans un seau où flottent des crevettes sonnées.

La fille parlemente. En fait, elle veut acheter leur soupe saumâtre, c'est ce qu'elle cherchait depuis le début, des plongeurs, un seau à rapporter, des huîtres à griller sur la braise, de quoi manger ou revendre avec bénéfice. Je la dévisage. Elle relève sa frange et feint de rire derrière sa main aux doigts disjoints. De qui ?

Un chapelet de bulles remonte des profondeurs. Il y avait en dessous, sous la surface laiteuse, à peine ridée, un type avec un détendeur, des palmes grignotées et des trésors qu'il a crochetés. Je m'attarde. Je tente en anglais :

— Vous habitez Wonsan ? En vacances ?

Elle me fait comprendre… qu'elle ne me comprend pas.

Tant pis. Sa bouche est peinte, ses dents luisent. Elle est d'une beauté vulgaire qui me broie. Ses talons aiguilles valent une fortune en wons. Et ses sourires me font mal parce que ce sont les premiers que j'échange avec quelqu'un depuis que je suis au royaume des Kim. Le gars remonte, le visage congestionné sous un masque sous-marin trop serré qui fait un effet loupe. Il nous regarde, rouge, et replonge, phoque apeuré. D'un coup, j'ai envie moi aussi de me déshabiller et de me balancer à l'eau, de fondre dans ces reflets zébrés qui ondulent, et qu'elle me rejoigne, elle, nue pourquoi pas, nageant dans les laminaires, avec ses bras à mon cou, que nous allions parmi les rascasses songeuses, les coraux et les murènes sortant comme des serpentins, loin, plus loin, ses pieds mignons battant dans mon dos, et plus avant nous serions libres dans la mer alliée au soleil, l'éternité, les rivages du Sud, de plus en plus heureux et irradiés, je la nommerai Yillah si elle l'accepte…

Mais M. Kim tournicote sur la berge, impatient. Il regarde sa montre, m'appelle d'un geste. Comptabilise-t-il les hectobecquerels ? Clorinde est remonté dans la voiture, il lit, bien tranquille, au milieu des bagages. A travers le pare-brise, M. Kim 2 me lorgne aux jumelles.

— Revenez, on nous attend, beaucoup de voiture, des kilomètres avant l'hôtel de ce soir !

Je rentre, contrarié, maussade, mon mal de tête est revenu. Où allons-nous, nous qui n'allons nulle part dans ce pays qui n'existe pas ? Du chantier naval, en face, les échos d'un marteau de chaudronnier rebondissent dans l'air. Comme des boomerangs, ils ponctuent le silence ouaté. Au bout du ponton, posé tel un bras d'électrophone, la mer de l'Est luit sous le nuage toxique. C'est un disque bleu dur et rayé qui répète la même vague. Dessus, je suis poussière, et je tourne sans bouger d'un millimètre.

*

Au ras du sol, la bordure en ciment symbolisant la frontière Nord-Sud court entre les baraques en bois. De part et d'autre, des soldats casqués veillent au grain puisque « la guerre n'est toujours pas terminée ». D'un côté, la Corée du Nord, de l'autre, la Corée du Sud. Trois enjambées suffisent. Impossible. Les Nordistes vous en empêcheraient, sans doute vous abattraient-ils ; les Sudistes répliqueraient aussitôt par un feu nourri ; incident de frontière, provocation, représailles, le bazar… Non, pour franchir cette séparation – trouée symbolique dans l'enfer des barbelés et des miradors, des champs de mines et des batteries antiaériennes –, et se tenir de l'autre côté, au sud, il serait préférable de revenir en voiture sur Pyongyang, de prendre un vol pour Pékin, un second pour Séoul, enfin d'avaler en sens inverse les soixante kilomètres en voiture jusqu'à ces baraquements de la *Joint Security Area*, la zone de sécurité. Pour arriver enfin de l'autre côté, en face, à trente centimètres de cette dalle où l'on avait posé le pied la veille. Un petit pas pour l'homme, un grand pour les deux Corées.

Rares sont les touristes qui manqueraient Panmunjom, à la lisière du 38e parallèle. Le cérémonial et le décorum plaisent beaucoup. Drapeaux au vent. Patrouilles martiales. Haut-parleurs crachant leurs harangues. Fresques nationalistes. Check-points. Herses antichars. La tension est palpable. De part et d'autre de ce couloir de deux cent cinquante kilomètres de long et quatre de large – appelé non sans ironie la DMZ, zone démilitarisée –, sept cent mille Nordistes font face à quatre cent mille Sudistes, appuyés par des GI's américains. Au milieu, entre les barbelés, des milliers d'animaux ont fini par proliférer en toute tranquillité, léopards de l'Amour et tigres de Mandchourie. A terme, on estime que cet espace, préservé depuis tant d'années, pourrait entrer sur la liste des réserves de biosphère. Un comble !

Côté Sud, pour ce que j'en ai lu, on visite un tunnel d'un kilomètre six cents sur deux mètres de large, pris à l'ennemi, où les ennemis avaient prévu de précipiter, la veille de leur attaque-surprise, dix mille hommes de leurs bataillons d'assaut. Rebouché, sécurisé, il a été reconverti en promenade souterraine (quarante minutes, tarif étudiant possible). On peut poser pour une sacro-sainte photo devant les miradors, acheter des souvenirs, avancer sur ce pont condamné où parfois les gens s'effondrent en pleurs au milieu des herbes folles et des orties, déjeuner dans des auberges, jouer à des machines à sous près des parkings. Les plus curieux se risqueront sur l'observatoire de Dora (payant), où « les visiteurs avec des télescopes observent les paysans nord-coréens dans leur vie quotidienne ou les élèves de l'école primaire recevoir leur formation militaire… » Ou ils iront s'extasier sur des objets usuels, étiquetés dans des vitrines comme s'ils avaient été prélevés par des robots à pinces sur une autre planète : « Livres de propagande, vêtements de travail, articles de ménage de la Corée du Nord ».

Mais avec Clorinde et nos trois Kim, nous sommes, nous, de l'autre côté. Et pour pousser jusqu'à l'ultime limite – cette dalle entre les baraques où les deux mondes se toisent –, il faut faire valider ses tampons, donner l'argent qu'il faut. Puis se faire réexpliquer la situation par un colonel, fastidieux, intraitable, qui manie sa baguette sur un tableau peint en nous détaillant les lieux : là, le (maudit) Sud, ici, le (céleste) Nord, avec le hangar de l'Armistice, le pont du Non-Retour, le pont des 72 Heures, ces baraques de couleur, à cheval sur la DMZ, où se négocient encore les détails entre les belligérants ou les organismes internationaux, l'ONU, la Croix-Rouge.

Calibré au millimètre, le rituel est impressionnant : on doit attendre encore, on ne sait quoi, un ordre, un appel, une lassitude, un trou dans les relèves, en relisant les panneaux qui réclament la réunification car « la ligne de démarcation coupe en deux la famille coréenne ». Enfin, sur un signe, regagner au pas de course sa voiture avec des soldats nordistes qui vous pressent, l'un d'eux monte avec vous, pistolet-mitrailleur sur les genoux, son casque cogne le plafonnier. Foncer au milieu de la zone. Sauter la rivière Suchon. Feindre de ne pas apercevoir les postes de tir, les chicanes, les bunkers, les dents de dragon et ces vrais-faux bâtiments à deux étages (des palissades en trompe l'œil) censés représenter un village nord-coréen et confondre l'ennemi qui est bêta. Descendre lorsqu'on vous l'ordonne en laissant ses affaires dans l'habitacle. Patienter sur un parking. Visiter ce hangar glacé où a été signée la fin des hostilités en 1953. S'avancer dans cet espace où tout résonne et où chaque pas est compté, observé. Repartir. S'arrêter en haut d'une côte, près d'un mini-building. Puis, dans la descente, rejoindre à pied et en rang une escorte de gardes, au milieu des chants enregistrés. Les suivre, les bras le long des flancs, tête droite, une, deux, une, deux. Enfin, atteindre ces baraques, en contrebas, où une porte ouvre au nord et l'autre au sud, trois bleues, deux blanches, des réverbères et des projecteurs piquetés partout. Les hommes sont en faction : trois Nordistes muets en face d'une patrouille de six Sudistes sans expression. Pénétrer dans celle qu'on vous désigne, l'une des bleues, posée sur la ligne de démarcation – la moitié des trente mètres carrés est sudiste, l'autre appartient à la RPDC. Ne pas s'étonner des bureaux cirés qui se font face, des téléphones en bakélite hors d'âge posés dessus, des rangées de micros, des fanions sur des socles, et surtout de cette sensation d'avoir raté une marche et chuté dans l'espace-temps en perdant soixante ans d'un coup, par dépressurisation, l'effet Guerre froide. Ecouter une deuxième leçon de stratégie d'un officier supérieur, en lorgnant par les fenêtres les sentinelles figées, derrière soi, et devant, avec ces sergents de la Police militaire encore, appuyés contre la porte ouvrant sur le Sud, le pistolet automatique en évidence, au cas où un inconscient tenterait sa chance.

Repartir en rangs, tête droite, une, deux, contents, pas contents, pour pénétrer dans l'immeuble de derrière, et du balcon observer avec des jumelles hyperpuissantes ce grand Sud capitaliste et pervers, l'activité des voitures et des trains, la rumeur économique, la vie libre au-delà des barbelés et de la zone verte, Séoul si proche, même si votre regard ne cesse de revenir sur le premier plan, aimanté par ce stick de soldats sudistes et américains qui, dans un immeuble similaire au vôtre, vous observent d'une terrasse de la même façon que vous le faites, je t'ai vu, tu m'as vu, dès lors qu'ils vous ont pris en filature dans leurs appareils à infrarouges et leurs caméras thermiques. On a envie de leur crier alors que dans le ciel, profitant des courants ascendants, des aigles esquissent, impassibles et royaux, des zéros et des huit : « Mais qu'est-ce qu'on fout là de chaque côté de ce trait invisible si la Corée n'est qu'une ? »

*

A Kaesong, ma chambre à l'Hôtel Populaire se veut folklorique, ce qui excuse tout, on couche par terre, sur une natte et un oreiller en paille de riz, mais là encore il n'y a pas d'eau aux robinets, ni de toilettes qui fonctionnent, pas d'évacuation, un broc en plastique a été déposé à tout hasard sur la margelle, et hasard il y a. Nous occupons chacun une maisonnette en bois noir et dedans une mini-chambrette de trois mètres sur deux cinquante, l'impression d'avoir à tenir dans une boîte en carton (une mini-fenêtre est cachée derrière un mini-rideau en molleton), avec une heure d'électricité par jour.

Une terrasse sur pilotis veut bien prolonger mon antre. Devant, une cour carrée avec un unique prunier à l'agonie – serait-ce un *prunus mandshurica* ? A la porte, la cloche sert à signaler un visiteur.

La journée a été longue mais j'ai l'impression de n'avoir rien vraiment vu et pas tout compris : une route sinueuse et harassante faite de dalles de ciment mal jointes, des groupes d'une centaine de citadins, aux visages protégés d'un foulard, s'activant avec des pelles et des pioches sur les bas-côtés, enfin une colline pelée, trois statues monumentales de mandarins barbichus gardés d'un chien-mouton et d'un chien-tigre, deux tombeaux circulaires au sommet d'un escalier, on a fait le tour et puis on est redescendus, joli tour de passe-passe, le petit musée adjacent montrant des céladons était fermé, bref, c'était le roi Kongmin, souverain du XIVe siècle et trente et unième de la dynastie Koryo, bon, d'accord et alors ?

Ayant tiré ma chaise pour lire aux derniers rayons de soleil, je repense à Victor Segalen, le grand poète du « Divers », installé dans sa villa de Pékin, lorsqu'il savoure du thé sur sa terrasse, déchiffrant un rouleau calligraphié, ou lorsqu'il débourre dans la cour ratissée un cheval mongol acheté au marché (gris clair, crinière rase, trapu, oreilles pointues de rat). Mon Breton a l'air d'un jésuite en civil, avec lorgnon de docteur, cravate et chapeau mou. Sous l'œil de son mafou, Segalen monte « en gendarme » et avec un jeu de doubles rênes. Il avance dans l'allée circulaire, les arbres derrière lui sont crayonnés, mais après le mur de brique de sa résidence, ce sont les chemins des montagnes, la poussière et le lœss, la Chine impériale qu'il va parcourir en deux grandes chevauchées, zébrant les cartes de ses deux courses insensées, ivre de pentes et de pics, jusqu'au haut coffre-fort venteux et tabou du Tibet. A un siècle de distance, cette poignée de photos m'aura inoculé, je crois, le goût de l'Asie, de l'Est extrême. Il me plaisait à mon tour d'imaginer et d'apercevoir peut-être, dans les grands ravins, ces hommes aux peaux rougies par l'air vif, emmitouflés de « loques rutilantes », descendus des pays altiers et impossibles. Oui, le monde se continuait avec, au-delà des villes, au bout des plaines, d'autres plaines et d'autres villes encore à faire siennes, toute cette étrangeté au fond de vivre et d'avoir à vivre dans un monde ouvert, chaque fois différent, serré sur ses énigmes, riche de ses clartés. A l'inverse de cette pantomime nord-coréenne actionnée par des câbles, servie par des automates grinçants !

Une rivière a la bonté de s'écouler là, nourrie de torrents plus en amont, entre deux berges bétonnées – je l'entends gargouiller entre les piles du pont. Autour, le moutonnement des toits de tuiles sales dresse son labyrinthe à l'ancienne. Pas trop de buildings… A Kaesong, tout est silencieux, assourdi, car il n'y a, là encore, aucune voiture et peu de camions à charbon qui font râler leur moteur. Des vélos, tels des cygnes métalliques, glissent dans le dédale des maisons serrées, frileuses, jusqu'à des placettes où le ciel fait un puits, et où sont distribués d'autres panneaux criards. Sur l'un d'eux, au moins trente mètres carrés, un ouvrier casqué, talkie-walkie au poing, exhorte une troupe de citoyens armés de drapeaux, de pistolets-mitrailleurs et de serpes, à s'élancer vers un avenir radieux. La frontière avec le Sud est si proche. Peut-être ici plus qu'ailleurs faut-il marteler sa foi révolutionnaire ?

Mille pas en dehors de l'hôtel, je les compte sous l'alignement des arbres rongés. Un haut-parleur serine sa rengaine au bout de l'avenue. Qui passe ? Un autocar rempli de types en gris, coiffés de la même façon, de la même taille. Certains m'observent sans se cacher. Qu'est-ce que fait cet Européen sur le trottoir, s'interrogent les îlotiers ? Pourquoi marche-t-il en ville, sans appareil photo en bandoulière ? Pourquoi tant d'insouciance ? Où sont ses guides et son groupe de touristes ? Quant à moi, je ne saurai rien de ce couple harassé, descendu du véhicule, qui, l'un derrière l'autre, portant de gros sacs de jute sur le dos, vient peiner comme une paire de mules sur mon trottoir. Cette « hésitante » avait des yeux magnifiques et le dos déjà cassé à trente ans.

Je rentre. Je lis contre la nuit qui tombe, contre le vide de ce voyage qui n'en est pas un, ma solitude marécageuse ce soir-là, mon amertume épaissie. J'ai été piqué par quelque chose, une pointe d'absence, et par la blessure du doute je suis empoisonné de tristesse. Je suis en Corée du Nord, ce désert profond, et mes démons un à un me reviennent, ils sont coriaces, ils sont sur mon lit, couchés pareils à de grosses bêtes errantes, des yeux crevés, ils sont mes portes sombres, ils ont un rire d'escalier froid, des pattes humides de truc mort toujours vivant, et je n'ai rien pour les tromper, pour m'étourdir, me rattraper, me réchauffer. Ni internet, ni téléphone, ni journaux. Et si je ne peux joindre quiconque depuis mon escale à Pékin, à l'inverse personne ne sait trop où je me trouve, impossible de me contacter ou de m'avertir de quoi que ce soit. J'ai envie d'entendre des voix aimées, d'avoir des nouvelles de Bélise à Paris (à des milliers de kilomètres de distance, je vois son reflet dans le grand miroir doré et tacheté de notre petit appartement, elle vient de couper ses cheveux), qu'elle me raconte le temps sur le bassin de l'Arsenal, la couleur de la Seine, si les tilleuls du Palais-Royal ont retrouvé leurs feuilles, si le glacier de Daumesnil a réouvert avec le printemps… Quant à Clorinde, il doit comme moi ruminer dans la pièce où il se cogne après avoir erré dans le jardinet, au milieu des plantes idiotes, ne sachant plus que faire de sa carcasse. A moins qu'il n'ait repris le *Journal* de Jules Renard sous le faisceau de sa lampe de poche ? Cela suffit-il alors que notre navire prend l'eau ? Une eau poisseuse qui nous entraîne par le fond. Nous voilà pliés en deux au fond de nos chambrettes, chus vivants dans la fosse de la mort. Nous remuons. Nous résistons. Nous sommes seuls comme un peu de bruit dans le silence.

Le bar n'est pas ouvert (trois tables basses sur des tatamis, une fleur en plastique dans un vase sur chacune d'elles), le concierge est parti, la boutique aux souvenirs (des fascicules du Juché, six magnets, des sachets de kakis secs, archisecs) est plongée dans la pénombre, on n'allume que si quelqu'un entre et personne ne vient, la porte rouge de l'hôtel a été fermée. Juste avant, un autocar de six Japonais est apparu dans la cour carrée pour disparaître – ils iront dîner ailleurs.

Les pages du livre s'effacent. Je fais glisser ma chaise pour suivre les derniers rayons du jour… Melville. Mardi. Ceux-là ont fini par arriver dans l'archipel espéré, « la grande escadre des îles ancrées dans leur havre de corail ». Le peuple s'y révèle généreux. Mieux, ils confondent le narrateur avec un demi-dieu de leur cosmogonie, Taji le Blanc. Un être solaire qui, entre deux voyages, se repose sur la Terre. Mais un sorcier s'alarme : « Pourquoi viens-tu ici, Taji, avant ton heure ? » En quelle langue lui répond-il ? Qu'importe. C'est un roman d'aventures, une fantaisie.

Un autre chef, Média, moins regardant, se proposera de l'accueillir sur son île adjacente. Taji accepte. Une pirogue mène les naufragés à travers le lagon. D'une île à l'autre, le passage « s'effectue comme dans un rêve ».

Paysages enchanteurs. Les cataractes ont une haleine d'eau. Dans les arbres, l'éclair des oiseaux multicolores jette des brûlures arc-en-ciel. Sur l'herbe, « un brouillard d'argent ». De partout, des fruits à profusion. De tous, offrandes et compliments – après tout, ils sont des dieux.

Coiffé de sa couronne d'os de raie et de perles, le roi Média est un seigneur. En leur ouvrant ce « petit monde rond », en les logeant dans une case garnie de nattes odorantes, en les comblant de noix de coco, de poisson et d'ignames, il rend ces naufragés à la vie, il leur rend leur vie. Faites ce que vous voudrez, du moment que ça vous fait plaisir, semble-t-il leur dire, car il n'y a rien d'autre à faire en ce bas monde, et rien ne manquera jamais. Sur sa couche, Yillah se montre amoureuse, aussi douce qu'un ange. La nuit, autour des feux, tout ce petit peuple danse et chante sous les galaxies d'étoiles. La mer bat comme un cœur bleu noir entre les madrépores. L'alizé a l'haleine de quelque chose de plus grand. Et chaque jour revient, immuable, identique au précédent. Tout en ce monde bienheureux de répéter son délicieux « oui, je veux encore »… A l'exception de cette silhouette qui, en contrepoint, resurgit entre les bambous, roulée en un wrap de *tapa*. Elle rôde et tient « d'une main un voile plaqué sur son visage, si bien qu'on n'en voyait qu'un œil… »

*

Que dissimulait ce morveux dans les plis de sa veste trouée ? Trois navets, six patates, deux pommes ? Ou des biscuits de contrebande, de fabrication chinoise ?

Le marché noir s'instille partout. Pas un qui n'ait sur la route un sac en plastique à remplir ou à vendre. Les Kim ferment les yeux. Il suffit d'attendre sur le bord et que votre escorte relâche son attention pour qu'ils réapparaissent, ces misérables étaient là, aux aguets, prompts à vous revendre le peu qu'ils ont, à ramasser surtout ce que vous leur accorderez, un reste de sandwich, un chewing-gum, même s'ils ne demandent rien car s'adresser à vous déjà leur paraît surhumain. Mais c'est la logique de survie qui prime face à ce système en faillite – chacun sait que les cochons chinois sont mieux nourris que les enfants de la RPDC. Alors ces Blancs grands et gras, assis dans une voiture, avec leurs larbins, des valises dans le coffre, sont comme des trésors vivants.

Huit soldats nous arrêtent devant leur chicane. Ils nous font descendre du véhicule, nous alignent, vérifient des papiers qu'ils ne savent pas lire, lancent un regard à nos bagages, juste pour la forme ou par ennui, à moins que le chauffeur n'ait eu à leur glisser quelques wons au milieu de nos paperasses. Nous repartons sans avoir compris. Eux si.

— Tout est en règle, explique M. Kim avec satisfaction.

Comment pourrait-il en être autrement dans ce périple prévu à l'avance, checké chaque matin, cadenassé heure par heure, où nous savons où nous serons ce soir, demain et après-demain à la minute près ? Jamais nous ne serons en promenade, pris par l'aventure, la fantaisie de la découverte, jamais nous ne goûterons au sucré-salé des imprévus et des hasards. Impossible de s'arrêter là, de faire un tour ici, sous les érables, vers ces grottes aux peintures rupestres, d'aller humer ce rivage où cogne la mer de l'Est et ses rouleaux d'écume (trois rangées de barbelés nous en empêchent), non, nous roulons sur des rails invisibles, guidés par des murs transparents, menottés à nos hôtes-geôliers. Même civile, notre estafette est un fourgon policier qui nous transfère de cellule-hôtel en *resort* de détention. Pas envisageable de sympathiser avec les matons. Et je dois avoir, en plus de mon nom étranger, un numéro de matricule sur le dos, du genre : I-739. I comme *intrus* sur le territoire.

Au sud-est, après les mornes sillons des plaines, les monts Kumkang, les montagnes « du Diamant », lancent leur flamboiement. Dans des éboulis blancs, ils font une oasis de vent, de cataractes et d'arbres.

C'est un haut lieu touristique. Nous y avons droit. Apprécié des Sud-Coréens, car proche de la frontière, il fut réouvert en 1998 grâce aux efforts de l'entreprise Hyundai. Mais il y avait des conditions drastiques pour les visiteurs : s'en tenir à la zone déterminée, ne pas s'aventurer sans guide, dormir dans une résidence hôtelière (bâtie et financée par le Sud) surveillée par l'armée, ne détenir aucune presse compromettante, ne s'adresser à aucun Nordiste, ne rien laisser sur place, ne rien donner à quiconque. En contrepartie,

Pyongyang empochait pour chaque tête de pipe passant la frontière un paquet de devises. Manque de chance, en 2008, l'une de ces touristes tête en l'air, qui s'était hasardée de bonne heure, n'entendit pas les sommations, puis les entendit, chercha à s'enfuir et ramassa deux balles. Elle en mourut. Drame. Confusion diplomatique. Séoul réclama des excuses qui ne sont jamais venues. Depuis, aucun Sudiste ne randonne plus par là…

Sur place, notre guide, qui s'ajoute à nos Kim, nous avoue « n'avoir jamais vu de Français de toute sa vie ». Elle arbore une casquette de base-ball et une veste en polaire. C'est une citoyenne nord-coréenne, modèle et disciplinée, sûrement une « dure » pour être mise en contact avec des Occidentaux, et qui grimpe dans la montagne avec ardeur chaque fois qu'un visiteur s'y risque, peu souvent. Comme les autres, en petit soldat civil, elle me débitera sa rengaine avant que nous n'attaquions la première pente :

— Il faut savoir que lorsque le Grand Leader est venu nous voir, en 1994, un honneur pour le village, nous possédons dans un album des photos de l'événement, il a déclaré que les Nord-Coréens de cette région frontalière ressemblaient à ces pins hardis sur les montagnes, vous en verrez beaucoup comme ceux-là. Il voulait dire : accrochés à si peu de terre mais vigilants et victorieux !

A notre moue, elle n'insistera pas. Puis elle me sondera avec prudence, en se faisant traduire :

— La France est en Europe, n'est-ce pas ? C'est un grand pays ? Avez-vous d'aussi belles montagnes ?

— Oui, mais plus hautes.

Elle se montre contrariée de ma maladresse.

Longtemps, ce site considéré comme sacré a été occupé par des moines bouddhistes. Mais il ne reste rien de cette dévotion peu révolutionnaire, hormis de grandes inscriptions aux flancs des falaises, gravées sur la roche, et trois belvédères en bois rouge qui n'ont pas le vertige. Silence frais des pins. Fracas des cascades. Rares pépiements d'oiseaux. L'air résineux ensucre la gorge sur le sentier qui s'entortille. Allons !

L'ascension durera quatre heures, en tout. Nous n'avons choisi ni la plus ardue, ni la plus longue. Mais, maintenant, à pied d'œuvre, le nez sur une carte où notre itinéraire a été symbolisé par des pointillés, alors que le grand cirque des montagnes pointues se déploie, on ne peut plus prétendre vouloir rester dans l'estafette. En franchissant une poignée de ponts suspendus, il faudra longer plusieurs cours d'eau caracolants (à moins que ce ne fût le même, métamorphosé, resurgissant dix fois sous une autre forme ?), traverser des chaos de rochers, contourner des virgules de neige et de glace. Au détour de la sente, les pierres éboulées prendront des formes fantastiques ; plus haut, quelques vasques d'écume inviteraient à la baignade, si l'eau n'était pas glacée.

On ne coupera pas non plus aux légendes : sur la crête du mont Toki (lièvre), l'empereur de Jade aurait donné la permission à un lièvre magique d'aller se balader. Séduit par l'altitude, l'animal ne voulut plus revenir. Le souverain se fâcha ; l'imprudent fut pétrifié ; et il devint montagne… Cette histoire est racontée avec tant de naïveté que j'ai l'impression que la jeune femme distingue dans ce rocher à deux pointes la tête de l'animal.

Parce que nous avions cru comprendre qu'une auberge était à mi-hauteur, qu'on nous y attendait avec une platée de riz, du kimchi et de la bière, j'avance d'un bon pas, gaillard, dépassant mes guides et Clorinde qui craint de meurtrir ses derbys havane clair. Mais deux heures plus tard, après diverses bifurcations – avec à droite la grotte Hoksa, à gauche le pont Sambul, puis à droite les chutes Jinhu et à gauche l'abri de Wonthong, enfin la roche Manggum –, il n'y a au bout du sentier qu'un ermitage sans bonzes ni fidèles, au milieu des pins tordus et de longues virgules de neige. Déception. Nos pas butent sur un tertre épaulé d'une barrière en béton. Devant, un précipice aux parois mouillées où s'accrochent des plantes entêtées, et ce dernier pin suicidaire, aux racines crispées sur un soupçon de terre… Et pas d'auberge !

Le trait rageur d'une cascade scie le vide ; elle chantonne toute seule. Un faucon, suivi d'un autre, remonte dans le couloir vertical comme une bulle dans un tube. Chaque inscription sur les parois fait trente mètres de haut. Tous les caractères ont la taille d'un homme. Comment ont-ils été gravés sinon par des alpinistes avant l'heure, descendus en rappel par des cordages de fortune, le burin entre les dents ? Et que voulaient sanctifier ces bonzes fervents ? Nul besoin d'être bouddhiste pour le ressentir : l'air neuf, l'eau immuable, le vent fureteur, la pureté de la neige bleuie, les pics comme des crocs, et cette présence si dense d'autre chose, infinie et méticuleuse, souveraine et étale, qu'un seul nom ne contiendrait pas. Tout autour, le ciel a ajouté sa couronne claire.

Nous reposons nos jambes rompues sur la roche glacée. Dès que le soleil tourne, le froid revient, mordilleur comme un chiot. Il faut se déplacer pour rester sous son rayonnement. Clorinde inspecte ses souliers martyrisés. On se gausse, harassés.

— Un souvenir ?

— C'est mes pompes qui s'en souviendront.

Que les poètes classiques aient salué l'enchantement de Kumgang me suffit, mais je lirai leurs odes plus tard. A cet instant-là, leur chant me rassérène moins que ma thermos et son demi-fond de thé vert. Car, pour déjeuner, il va nous falloir… redescendre.

— Une plaisanterie ?

Rouge brique, Clorinde vient de piger.

Kim et Kim 2 sont déjà à sautiller dans la pente, pressés d'en finir. La bouffe, c'est dans la vallée, pas négociable !

La guide sourit sous le tintement des arbres, sa peau est ivoire. Gravir ou dévaler ces Alpes coréennes, c'est sa vie. Elle connaît le nom de chaque cataracte, les encoignures et les failles où il ferait bon faire la sieste. Au milieu des caillasses, nous échangeons des phrases incompréhensibles. Notre sabir suffit. On a laissé filer les autres, elle marche devant moi, sa queue-de-cheval bat sur sa nuque à chaque foulée. Nous traversons les nappes du silence et les clairières où le vent se cache, en vieux monstre insomniaque. Dans un coude, nous disparaissons. Je lui ai offert la dernière pomme de mon sac qu'elle mange tout entière. Son rire me traverse comme une dague dentelée.

*

Pour les nouilles froides, il y a deux écoles de pensée. Faut-il les déguster l'été pour qu'elles vous rafraîchissent (froid dans le chaud = effet froid) ou l'hiver afin qu'elles produisent un choc salutaire (froid dans le froid = effet chaud) et vous requinquent ? Je n'ai pas su trancher, on était au printemps. C'est une spécialité de Pyongyang, dont elles ont fait la réputation.

Plus d'une fois, M. Kim nous avait promis des nouilles froides. « Ici, oui, c'est ici », disait-il, alors que nous passions en trombe devant une vitrine, certes plus large que les autres, mais dont rien ne laissait supposer qu'il s'agissait d'un restaurant, ni enseigne, ni carte affichée, « je m'en rappelle, il y a d'excellentes nouilles froides… » Il insistait, en tambourinant de l'index sur le pare-brise : « des-nouilles-froi-des ». Et M. Kim se tournait vers nous, sûr de son effet.

Ah ! Revenus dans la capitale, relogés à l'hôtel Yangakkdo (retrouvant les deux mêmes chambres, au même étage, celles-ci n'ayant pas été louées entretemps, avec mon bouchon de dentifrice oublié à droite du lavabo, intact, presque phosphorescent dans la pénombre, comme si notre absence en province avait formolisé les lieux, on ne touche pas à une scène de crime), nous avons eu enfin le droit d'en déguster dans un restaurant près du fleuve.

Nous n'étions que deux dans une salle à manger si mal éclairée que nous aurions pu imaginer qu'il y avait eu une alerte aérienne, grands rideaux tirés sur le peu de clarté de la ville grise, avec une télé posée sur son étrier diffusant en sourdine un film historique (des partisans nord-coréens franchissaient les lignes japonaises en portant quelque chose d'enroulé dans une couverture, en l'occurrence une séduisante jeune femme, délivrée de son destin tragique de prisonnière, attention la tête lui tourne, elle défaille, ses mains pâles en cherchent d'autres pour se retenir). Certes, qu'il n'y eût personne d'autre que nous ne choqua pas au milieu des tables et des chaises hautes et peu commodes sur le carrelage : il était cinq heures de l'après-midi, nos guides voulaient rentrer tôt, retrouver épouse et enfants, voir si aucun de leurs voisins n'avait pris la fuite ou ne les avait dénoncés. Et que nous ayons de l'appétit ou non à ce moment-là importait guère – dans un pays ravagé par la famine, on mange quand on peut, même dans une odeur affadie de graillon.

Pour ce que j'en ai compris, tout allant trop vite, la serveuse ne faisant aucun effort d'explications ou de présentation des plats, et M. Kim traduisant de manière succincte, nous avons commandé non pas les nouilles au lait de soja ou au kimchi (trop vu) ou les nouilles glacées (variante extrême) mais ces fameuses nouilles froides, disons classiques, tant vantées, si espérées, donc. Et parmi celles-ci, dois-je préciser, non les *bibim-naengmyeon* (sauce piquante) mais les *mul-naengmyeon*.

De quoi s'agit-il ? Dans un bol métallique d'une portion de cent grammes de nouilles de sarrasin, fines comme de la chevelure d'ange, caoutchouteuses, trempant dans un bouillon refroidi, glaireux. Un œuf minuscule (de colibri nain ?), bouilli au préalable, est posé dessus, froid aussi. Six lamelles de concombre cru et une demi-tranche de poire (en boîte) en constituent la garniture.

Même avec une bière de 500 ml et une fiasque d'alcool de riz, ce mets tant vanté m'a laissé... perplexe. Si Clorinde n'a pas détesté, il n'a jamais réussi à saisir avec les baguettes en acier ces nouilles minces, souples et gluantes, qui lui ont échappé dix fois de suite jusqu'à l'agacer et le faire renoncer. Pour ma part, c'est le fait de les manger à l'asiatique, en glouton – bol à demi penché près des lèvres, la baguette servant de poussoir, la bouche devenue un aspirateur vorace – qui m'a amusé plus que le plat en soi. Et, comme il n'y avait rien d'autre après, ni avant, nous sommes revenus vers l'hôtel à six heures moins le quart lestés d'un léger mal de ventre. Si j'ose dire, sur notre faim.

Il crachinait alors sur le fleuve, une sale pluie, fine et insistante, sous laquelle glissaient les tramways bondés cahotant comme des corbillards et les Mercedes des apparatchiks, deux devant, deux derrière, au ralenti. Un attroupement nous retint, je voulus descendre, il était si tôt. M. Kim accepta, cinq minutes pas plus, aucun risque, on était revenus chez les « durs » du régime. En haut des marches du Palais des Etudes, à l'abri du hall, un chanteur improvisé essayait sa voix de fausset devant un parterre d'une dizaine de marins en permission. Un accordéon aigre s'ajouta. Et tous ces hommes fluets se mirent à danser de façon démodée, accentuant l'expression, amplifiant chaque geste, chaque pas, au point que l'on aurait pu se demander s'ils ne mimaient pas quelque chose, ne se moquaient pas de quelqu'un ou, si, au contraire, ils s'amusaient réellement, dopés par leur audace de s'exposer ainsi dans une des artères de Pyongyang. A la fin de la chanson, il y eut un crépitement d'applaudissements puis la scène se dissipa, absorbée par la foule qui rejoignait en colonnes piétinantes les autocars des banlieues.

Pourtant, ni ce spectacle improvisé, ni les nouilles froides n'étaient parvenus à nous réchauffer l'estomac, et l'âme point du tout. Sans doute nous aurait-il fallu boire plus encore, un bourgogne digne de ce nom, et poursuivre le repas avec une tranche épaisse de rôti de bœuf, une assiette de pommes de terre sautées à l'ail, un chèvre, du clafoutis aux cerises (ou une tarte au citron), un café brésilien, du chocolat noir ? Et puis s'adresser à quelqu'un qui aurait daigné entendre notre histoire, aurait accordé un peu de sa présence à la nôtre en lui répondant, et avec qui nous aurions fait de même, appelons ça un frère humain, n'ayant pas le cœur contre nous endurci mais de la curiosité, de la mansuétude, un soupçon d'intérêt ? Mais va demander ça ici, au milieu des fliquettes à bâton sous leur grand parapluie bleu, des enfants-robots et des matelots débarqués des canonnières…

Une fois prisonniers de l'hôtel, coincés sur l'île aux saules pleureurs – les deux ponts sont barrés la nuit –, il ne nous restait pour achever ce jour sans pain qui s'éteignait de lui-même, navré lui aussi d'avoir été là, que la télé avec ses plans fixes, ses diatribes, ses inaugurations d'usines qui n'existent pas, ou ses interviews-fleuves de professeurs chenus (face à une caméra, de part et d'autre d'une table basse, un pot de *kimjongilia* au milieu, un vieux crétin en chemise blanche détaillant pendant vingt minutes à un jeune imbécile en chemise blanche un point de théorie à grands renforts de gestes et de mimiques, véritable torture pour n'importe quel téléspectateur doué de raison), sans oublier, comme presque chaque soir, les kilos de médailles en laiton à épingler sur des poitrines d'officiers, ces grands sadiques devenus autant d'enfants émus et perdus dès lors qu'ils se hissent, gauches, effarés par tant d'honneurs, sur la tribune où claquent les drapeaux rouges, avant que n'apparaissent à l'écran la mire et sa neige chuintante, le silence, l'extinction de tout, appelons ça du soulagement...

Je me laissai alors tomber sur mon lit comme une nouille froide dans Pyongyang déserte. Et ce fut bien ainsi.

*

Ce matin, Yillah, dont la voix est un chant d'oiseau, s'est envolée du paradis. Elle a quitté les rives, la touffeur sucrée, les ciels immuables. Il faut dire qu'elle avait beaucoup fauté avec le narrateur sous les ombrages. Protégée par la nuit bleue, la gracile albinos a chipé une pirogue et s'est faufilée dans le dédale des îles parfumées. Que faire ? La poursuivre et continuer le roman. Une équipée. Des chapitres. La vie est un feuilleton.

Là encore, le roi Média ne se montre pas chiche : à ses poursuivants, il octroie quelques pagayeurs et convie trois de ses proches à accompagner

Taji-le-délaissé. Par ordre d'apparition, Mohi dit Barbe-Tressée, un conteur de haut rang ; Babbalanja, qui aime à citer les classiques de la littérature mardienne et dont l'orgueilleuse devise n'est autre que « Bouger toujours » ; enfin Youmi, le ménestrel, doté « d'un turban surmonté d'une plume d'oiseau de paradis ». Avec les deux Européens, ils partent sur la mer striée de blanc. Leur embarcation a pour figure de proue un lutin ricanant. La fantaisie ouvre le monde.

Grâce au vent clément, ils ne perdent pas une minute, et, sous des nuages pommelés d'or, débarquent sur l'île aux ignames. Là, dans les vallées profuses, celui qui règne est un enfant de dix ans. Au bout de la plage en poudre de sucre, il apparaît juché sur les épaules d'un muet qui lui sert de monture. Des feuilles de bananier font son ombrelle, et il use du toupet de l'homme qui le porte comme d'un volant. Ses paroles sont accueillantes même si le roi-gamin reste imprévisible. Capricieux. Fantasque. Voilà qu'il exige qu'on lui apporte les dents d'un des piroguiers. Parce qu'elles sont jolies, égales, il les veut. Son désir est un ordre. On les arrache au pauvre type. Le roi s'en fera un collier, son bon vouloir est la vérité. Mais il a oublié qu'il les voulait. Il jette les dents alors que l'autre agonise. C'est un enfant-roi qui a une mémoire de poisson de corail.

N'ayant pas trouvé trace de sa belle, Taji poursuit le voyage. Bouger toujours, comme répète Babbalanja. Il a raison. Aux confins des lagons, ils aborderont ce rocher vert qui surgit telle une météorite fichée dans les récifs. Un peu d'eau ruisselle sur ses parois tapissées de lianes et de mousses. Assoiffés, nos aventuriers approchent leur pirogue par en dessous et la boivent, debout, tête en arrière. Telle une eau lustrale, elle mouille la barbe des Européens et fait luire les torses des rameurs. Elle est précieuse, lui explique-t-on, car cette eau qui filtre à travers la sépulture de dix rois maoris, empilés sur le rocher, et dont on a oublié les noms et la geste, a plus d'une vertu sur cet océan-miroir brûlant de sel. Chaque gorgée douce réapprend l'humilité. Guérit de l'ambition. Rappelle à quiconque que tout s'efface.

« Que ces souverains aient ou non vécu, c'est égal maintenant », ajoute Babbalanja, philosophe.

Nos voyageurs se sentent alors plus légers. Qu'il ne reste rien d'eux un jour à Mardi ou ailleurs, en Europe, les rassérène. Mieux ! Puisque la fin de ce monde est le néant, autant se persuader de ne pas exister, redevenir libres… Et, allongés sous le souffle des vents, portés par les courants, goûter au spectacle du monde qui se déroule de lui-même, offert, ouvert, sans plus le souci d'être soi, piroguier ou naufragé, sujet ou roi, maori ou blanc. Chaque seconde est recommencée de jour en jour. Plus neuve d'île en île. Plus flamboyante dans l'autre archipel. Tout est là de nouveau, encore.

Vu de Corée du Nord, à force de hoquets et de mots d'ordre, dans ce rabâchement nauséeux, on pourrait être bien preneurs…

*

D'après M. Kim, dont la mèche de cheveux reste collée à son front depuis que nous sommes revenus à la capitale, l'événement est de taille : au pied de l'arc de triomphe – autant dire l'épicentre de la capitale –, une fête foraine a été ouverte pour saluer le printemps, la jeunesse peut s'y rendre dès ce soir, nous serons de l'inauguration, grâce à son entregent.

En réalité, cette foire du Trône coréenne existe déjà, nous avons une autorisation, il ne s'agit pas d'une faveur. Rembobinons : ayant expliqué la veille que nous ne débourserions pas cent cinquante euros pour un strapontin de cirque (afin de ne pas perdre la face, M. Kim répliquera que, malheureusement, il n'y avait déjà plus de places sous le chapiteau), il fallait que nous ayons une sortie nocturne à notre programme dans le cas où nous serions allés nous plaindre à l'agence. Ce serait donc celle-là, sans frais, sans risques. Après dîner, nos trois Kim vinrent nous quérir avec des mines de conspirateurs. Ils se foutaient de nous. Mais, pour une fois, en sortant de nuit, ce qui ne nous était jamais arrivé, nous eûmes l'impression de partir à l'aventure, d'échapper au tapis roulant généralisé (ici, de jour, personne ne court, ne parle plus fort, personne ne roule vite ni ne sort jamais du rail des trottoirs et des avenues), de nous soustraire enfin à ce sentiment d'irréalité, déjà de ne plus faire partie des étrangers consignés dans leurs chambres, bref, d'apercevoir un peu de Pyongyang sans fard, protégés par l'heure tardive, immergés dans cette obscurité que les Coréens, dit-on, savent quand même mettre à profit, se faisant plus furtifs, moins disciplinés peut-être, dès lors que l'éclairage a faibli ou a disparu, et que les îlotiers sont endormis sur leur classeur de dénonciations – ici aussi, comme l'ont rapporté plusieurs transfuges, les porches, les caves, les cages d'escalier comme les chemins campagnards peuvent se révéler profonds et discrets, surtout les nuits sans lune. Et, lâchés sur l'esplanade, remontant les files des Nord-Coréens, détendus, rieurs, nous nous mélangeâmes volontiers à cette foule qui piétinait vers les guérites où se délivraient les billets. La plupart de ces jeunes gens appartenant à l'élite du régime nous dévisageaient avec aplomb ; certains nous désignaient même du doigt avec surprise ou se gaussaient, et ce qui aurait pu nous vexer nous réconforta.

A chaque attraction, une préposée ferait office de coupe-file. Franchie la barrière, il s'agissait, comme partout ailleurs, d'une noria de manèges tournant parmi des flonflons et des guirlandes électriques. La première attraction imitait un pas de tir spatial – quelques amateurs, répartis sur un anneau dans des sièges protégés par des arceaux, s'envolaient le long d'un mât métallique. Une autre proposait une roue illuminée où, à la vitesse d'une trotteuse de montre, gravitaient des nacelles suspendues tandis que, plus loin, formant des bouquets multicolores, des dizaines de chaises volantes tournaient autour d'une étoile à six branches, d'abord au ralenti puis de plus en plus vite, les filles criant au-dessus de nos têtes, en nous montrant leurs jambes d'ivoire.

Nous hésitâmes. Que tenter où nous ne serions ni malades ni ridicules ? Ce jeu de pêche aux canards où il fallait saisir avec un crochet le plus de volatiles dans une bassine en plastique ? Des stands plus virils nous attirèrent. Punching-ball, jeux vidéo, mini-bowling électronique… Je voulus essayer un ball-trap. Je me saisis de la carabine reliée à l'écran par un cordon. Lourde, compacte, l'arme semblait réelle. Mon groupe m'entoura. Des curieux aussi. Qu'allait faire ce Blanc qui se prenait pour Rambo ? Il fallut choisir le niveau : débutant, amateur, professionnel. Pour se moquer, M. Kim poussa le curseur au maximum. Un paysage stylisé – montagnes suisses, plaines grasses, gazon anglais – se matérialisa à l'écran.

— Prêt, monsieur Jean ?

Grâce à son bras armé d'un ressort, une sorte de porte-assiettes propulserait devant moi des plateaux en terre cuite symbolisant les pigeons. Un, deux, trois, quinze lancers.

J'avais posé mon blouson, trouvé mon aplomb, calé mon arme au creux de l'épaule comme me l'avait appris mon père, un ex-colonel, lorsque nous nous exercions au fusil de chasse dans les bois d'eucalyptus de Tananarive, puis durant mes classes, dans le Berry, avec un Mas 49-56, en essayant de ne faire qu'un avec l'arme, le souffle retenu chaque fois que j'effleurerai la détente. Il fallait tirer non pas au moment où la cible amorçait sa courbe mais lorsqu'elle se stabilisait avant d'entamer sa retombée.

On m'entoura et le jeu débuta. Tous les regards étaient braqués sur l'écran. Qu'ils jaillissent de droite ou de gauche, les premiers lancers étaient simples, doublés, enfin multiples ils se croisaient en tous sens. Suivant leur mouvement de mon canon avant de presser la détente, je pulvérisai un à un les « pigeons ». La détonation était assez réaliste, l'arme n'avait pas de recul. Quinze fois de suite, un *1 000 pts* apparut dans un micro-nuage. Au final, la machine clignota de mille feux et émit une triomphale ritournelle : j'avais obtenu le maximum et une partie gratuite.

L'anneau des curieux se desserra, approbateur, surpris. M. Kim en restait pantois. Il m'observait par en dessous, en se recollant la mèche derrière l'oreille. Il soupesa mon fusil avant de le glisser dans son étui-râtelier. Derrière nous, M. Kim 2 en bafouillait : lui non plus ne voyait pas ainsi son Monsieur Jean, ils m'avaient sous-estimé.

Nous sortîmes dans la foule épaissie. Un tour de manège pour achever la soirée ? Non, ça ne nous tentait plus. Et après une telle réussite, je flottais sur un nuage, j'étais devenu un autre, je ne pouvais plus me mêler au petit peuple. Quinze coups, quinze mille points. Mince !

— Où avez-vous appris à tirer ? se risqua M. Kim, en me prenant à part avant que nous ne remontions dans la voiture.

— Au service militaire, en France.

— Une unité d'élite, alors ?

— Pas du tout. Mais vous n'allez pas me croire : au fort d'Ivry, aux Etablissements cinématographiques des Armées.

— C'est-à-dire ?

— Je faisais déjà du cinéma, monsieur Kim. Oui, du cinéma.

*

Comme Mao ou Lénine, Kim Il-sung, « professeur de l'Humanité tout entière », a été non pas enterré mais, mieux, embaumé, en 1994. Son palais de granit et de marbre, d'où il dirigeait d'une main de fer le pays, est devenu un mausolée. On l'appelle le Mémorial de Kumsusan. Sa momie y est conservée sous un sarcophage de verre. Pour les étrangers, pour qui un silence total sera exigé durant la visite, elle n'est visible que le jeudi et le dimanche.

M. Kim nous avait prévenus : une tenue correcte est obligatoire. Veste, chemise avec cravate, pantalon de toile et chaussures fermées. Ni jean ni polo ! Clorinde a tout dans sa mini-garde-robe, je n'ai rien. Puisqu'il le faut, mon guide me prêtera une cravate (rouge) et l'une de ses vestes si mon blouson en toile « coince ». Notre escorte coréenne s'est endimanchée, bien coiffée, cirée à neuf, parfaite et nerveuse.

Nous arrivons. Des colonnes de pèlerins descendus d'autocars venus de toutes les provinces convergent vers l'énorme bâtiment ceint de jardins, de vignes, protégé de douves et de herses. En amicales ou en délégations, les citoyens progressent par rangs de quatre. Les hommes ont endossé leur tunique en Vinalon ou un costume sobre pin'sé à l'effigie du leader ; les femmes aux cheveux permanentés, leur hanbok, larges jupons froufroutants, aux teintes acides. La plupart serrent des bouquets de fleurs. Tous sont intimidés, recueillis. Apercevoir la dépouille du chef dans son sépulcre est un instant mystique. D'abord parce qu'il n'y a qu'un seul héros national et c'est celui-ci, descendant des guerriers mythologiques. Ensuite parce que le monde extérieur filtrant peu – la majorité des Nord-Coréens de base ne saurait pas, par exemple, que l'homme a marché sur la Lune ou qu'Elvis Presley a existé –, le seul type hors normes qu'ils peuvent rencontrer dans leur vie va se matérialiser devant eux. Par soustraction (lui – le monde = lui), le pèlerinage au Père-héros est intense, sublime, éprouvant. Il n'est pas un cadavre miraculeux que l'on aperçoit mais le Tout-en-Un nord-coréen que l'on approche, à la fois historique, transcendant et suprahumain. Quatre-vingt-dix kilos de chair sublimée en eucharistie.

On nous fait patienter dans une antichambre pour une énième vérification des papiers. Avons-nous pensé aux fleurs pour le « Soleil Rouge des Peuples Opprimés » ? Non, tant pis. Un chargé du protocole accompagne notre mini-délégation qui marchera de front, d'un pas solennel, Clorinde et moi au milieu, tels des ambassadeurs. Toujours en silence.

Première fouille. Il nous faut vider nos poches de leur contenu – mon camarade dépose un kleenex et un mini-sachet de kakis secs, qui sont confisqués. Puis emprunter un tapis mécanique garni de brosses censées nettoyer les chaussures et dépoussiérer l'ourlet du pantalon. Un second, pour les bactéries des semelles. Franchir une porte à rayons X. Autre épreuve, ces agents, munis de gants en latex, pour une seconde fouille au corps et un passage au détecteur de métaux… Enfin, emprunter ce demi-kilomètre de tapis roulants et d'escalators avec l'impression de remonter à contre-courant car, figés comme des poupées de cire, nous croisons des centaines de Nord-Coréens qui glissent dans l'autre sens, à la queue leu leu ou en grumeaux, stoïques, certains en pleurs, touchés par la grâce de la vérité entrevue dans le dédale des salles, là où nous allons. Et tous semblent proclamer : nous avons appris, vous pas encore. Nous avons compris et pas vous. Nous sommes purifiés par la vision, vous êtes encore imparfaits. Soyez respectueux et vous serez sauvés. Comme nous.

Allez, ultime épreuve, cette cabine individuelle dotée d'une soufflerie aspirante qui vous retirera chaque particule de poussière, chaque miasme – on a les cheveux qui se dressent à la verticale et l'air d'un imbécile – et vous êtes parvenus à l'étage. La lumière s'est atténuée. Les gardes sont plus nombreux. De salle en salle, vous êtes épié, suivi, accompagné dans le corridor par des regards qui se succèdent et vous prennent en charge. Un fond musical – *Le Chant du Général* – monte des profondeurs. Vous êtes sur votre rang de quatre, avançant d'un pas ferme mais sans ampleur, les mains plaquées le long du corps, la tête relevée mais pas trop, le sourire contenu. En préalable, il a fallu saluer une énorme statue du « Patriote Suprême », qui vous a écrasé de ses dimensions, mais vous a béni quand même d'une main dans un halo rosé et grenu – nous a-t-il fait signe depuis le paradis ? Puis entrer par ce coude. La musique s'amplifie. Il y a comme un trou dans l'espace et entre les choses. Une aspiration. Et là c'est le chœur d'une chapelle qui s'ouvre, le plafond qui monte d'un coup, les murs qui s'écartent d'eux-mêmes, et on distingue, couché devant, le grand mort, en suspension sous le faisceau d'une lumière chue du ciel.

Autour, le dallage scintillant semble mouillé – les larmes du peuple ne sèchent jamais.

Quelque chose vous écrase…

A ce moment-là, il y a une commotion visuelle qui fait trembler et chanceler. Devant vous, des gens ont plié sous le choc comme dans un accident – l'image leur arrive dessus, c'est un camion à cent à l'heure qui les tord et les broie.

Oui, le Grand-Celui-là repose sous leur nez, presque à toucher, vivant et mort à la fois, et dire qu'ils en ont entendu parler à chaque minute de leur vie depuis leur enfance, qu'il a été et sera à jamais leur borne et leur mesure, et qu'ils ont avalé six cents kilomètres depuis l'aube dans leur autocar éreinté aux essieux défoncés, sous le contrôle des chefs de comité, pour l'apercevoir une poignée de secondes au débouché des couloirs en marbre.

En hanbok noir, micro à la main, une dame rappelle avec des sanglots dans la voix quelques hauts faits de l'Illustre. Une oreillette nous ayant été prêtée, nous écoutons le commentaire enregistré en français.

Comme les autres, abasourdis, il nous faut tourner en silence autour de la momie à la peau parcheminée, sa tête comme une pierre grise tombée sur l'oreiller, ses paupières fixées à la colle, son corps raide engoncé dans un costume noir à cravate qu'un cataflaque recouvre aux trois quarts. Nous obtempérons, en nous inclinant trois fois en rythme. Puis, sans quitter notre rang, nous tournons autour de lui – ayant commencé par les pieds, nous nous immobilisons sur son flanc droit, sa tête, enfin son flanc gauche. Cérémonieux. Ridicules. Mais mon envie de sourire a disparu. Après tout, cet homme est mort depuis dix-sept ans, et même dictateur génial et inspiré, il ressemble à n'importe quel cadavre, fût-il colmaté de coton et bourré de polystyrène. Je me surprends à le saluer quand même, tiens… Mais gare à qui enfreindrait le protocole ! Un officier me demande de rectifier ma position, j'avais remis mes mains dans le dos.

— Pas assez asiatique ! me lâche M. Kim, pas fier de moi.

Nous sortons déjà, nous sortons enfin, le tour de magie qui l'a fait apparaître nous l'a escamoté. Il nous faut redescendre. Qu'avons-nous vu ? Un mannequin cireux, cheveux couleur fil de fer, bouche en pâte à papier. Un Kim Il-sung bassiné aux onguents, requinqué aux piqûres. Non, nous assurent-ils, la momie immémoriale du « père de l'Humanité » !

Dans la salle d'à côté, prolongeant une galerie où, sur des photos grand format, l'Illustre reçoit les congratulations et les accolades de Kadhafi, Castro ou d'al-Assad, nous marquons une pause pour signer le livre d'or. Deux registres reliés cuir, lourds et larges, nous attendent sur deux des vingt bureaux. Un porte-plume, un buvard, un sous-main. Je m'assois dans la salle gigantesque que décorent des fresques de glaciers froids et de neiges immaculées. Comme Clorinde, je cherche ce que peut m'inspirer tant de grandeur. Soyons plat : « Hommage d'un visiteur de passage au Président de la Corée du Nord… »

C'est fait.

— Qu'a laissé ce long-nez à cravate rouge ? interroge le majordome.

M. Kim traduit, embêté. L'autre fait une grimace. Ça ne va pas, pas du tout ! J'ai oublié un adjectif. Il me faut obligatoirement ajouter un « éternel » à mon hommage, s'il vous plaît. *E-ter-nel !* Le motif serait suffisant pour n'importe quel Coréen de se faire jeter dans un camp.

Comme je peux, j'insère mes trois syllabes au-dessus et, ce jour-là, parce que ce mot doit s'accoler à ma ligne tel un postiche, une fausse barbe de savant sur un menton de potache, parce que je ne pourrais sortir sans avoir effectué cette correction, que c'est à moi, de passage, d'apposer aussi cet *éternel*, avec mon nom, ma ville et mon pays en dessous – le compliment traduit est recopié sur une fiche intercalaire –, j'ai le sentiment que ce régime de baudruches a tout perdu depuis longtemps, qu'il n'a surtout jamais rien gagné dans le cœur de chacun que par la force et la terreur. L'empire des Kim reste une contrée de paranoïaques, minée par ses mensonges, maintenue vaille que vaille par ses sujets-victimes, en respiration artificielle. Justement, il est tout l'inverse de cette *éternité* rayonnante et heureuse tant réclamée, tant affichée, si obligatoire. Un coup d'épingle – allez, prendre le risque et ne plus jamais prononcer le mot « éternel », renoncer à l'écrire sur les registres, laisser un blanc dans la conversation, en ricaner sur le parvis du mausolée – et la baudruche se dégonflerait d'elle-même. Alors ce cadavre empaillé – gueule coincée sous le verre feuilleté, sac de boyaux secs, Ponghak sans bulles –, se décomposerait à l'instant, mixtures et fixants ne prenant plus. Ni légende, ni mythe. Début de la ruine. Et premier souffle de la liberté sur la nuque des machinistes, des éclairagistes et des comédiens…

D'où provenait d'ailleurs ce soupçon de buée à l'angle droit du sarcophage ?

*

Onze heures du matin. J'ai répété à mes trois Kim qui s'entêtaient autant que moi :

— Je souhaiterais visiter le musée des Beaux-Arts, il est ouvert, nous avons le temps, je paierai ce qu'il faut.

— Pas au programme. Pas d'autorisation.

— Mais ça m'intéresse au plus haut point, et pourrait séduire mes touristes à venir. Les Français sont des amateurs de peinture.

— Pas sur ma liste.

— Je le fais pour mon travail. Le séjour futur de mes clients, comprenez ?

— Nous allons au Magasin n° 1. Il y a beaucoup d'électroménager, et en face à la Librairie du Peuple des affiches de notre révolution populaire peintes à la main qui pourraient…

— Accordez-moi un quart d'heure.

La voiture s'arrête. Je saisis le prétexte de vouloir faire des photos de la place Kim Il-sung où plus d'un demi-million de citoyens s'assemblent lors des parades. Mais, sitôt dehors, j'adopte une diagonale glissée, je m'écarte, j'accélère. Puis je lâche mes trois sbires pour foncer vers le musée à la façade palladienne.

Lorsqu'ils ont pigé ma manœuvre, Kim 1 et 2 abandonnent la voiture et se lancent à mes trousses. Mais j'ai cent mètres d'avance, j'ai franchi déjà les marches du parvis, poussé la porte. Je demande à payer, la concierge éberluée ne pige pas ce que fait là un touriste non annoncé, elle panique, elle appelle sa supérieure d'un coup de téléphone vert qui ressemble à un jouet de petite fille. J'ai posé une pièce de deux euros sur son bureau afin de me faufiler dans les salles et sous les lustres.

Entré à son tour, M. Kim est ivre de rage. Il a perdu la face. Sa mèche pend, lamentable. Il en appelle au gardien, au directeur, pour l'aider dans sa tentative d'extraction. Nenni, je n'en démords pas, je ne sortirai pas avant d'avoir visité ce musée, et d'ailleurs j'y suis, en haut de l'escalier intérieur, je ne ferai pas marche arrière, il faudrait me plaquer comme au rugby, et ça M. Kim ne peut pas se le permettre, il y a des témoins, et si nous en venions aux mains il y aurait une enquête, les flics, les agents du Bowibu, un sale merdier.

— On m'a jamais fait ça, monsieur Jean, je suis en colère contre vous…

— Je m'en fous !

Alors, vaincus, mon guide et une hôtesse dotée d'une règle à bout rouge (afin de me montrer ce que je dois regarder au cas où mon regard divaguerait) finissent par m'emboîter le pas d'autant que Clorinde nous a rejoints, embêté par la situation mais conservant sa morgue.

— Pas plus de dix minutes ? Je vais avoir des problèmes avec l'administration, le musée va envoyer un rapport.

Nous voilà à remonter les salles, les pièces du rez-de-chaussée puis celles du premier étage s'allumant à notre passage, car il n'y a pas d'autre visiteur ce jour-là et sans doute de toute la semaine, du mois. Et, en dépit de ma contrariété qui m'aveugle un peu, je découvre plus d'un millier de peintures de style pompier néoréaliste, toutes de beau format et encadrées de bois à la feuille d'or comme des Rembrandt, mais dont l'unique motif n'est, on l'aurait parié, que Kim Jong-il ou le président absolu Kim Il-sung, souvent les deux ensemble, roses et lissés, plus grands que tous les figurants sur les toiles (ces gars du peuple ont des cheveux courts, un visage jeune, carré, une attitude hardie, quant aux jeunes filles, elles sont jolies mais enfantines, camarades avant d'être femmes), posant mains dans le dos ou bras tendus (regarde, gros fiston, voilà l'avenir qui chante !) aux champs, en ville, sur le front, dans le maquis, en civil ou en soldat, sourire aux lèvres, parmi les blés, les épis de maïs, le riz vert, au milieu des lacs-volcans, des montagnes, les aubes vernies et les crépuscules chromos, avec un arrière-fond de glaciers, de toits en tuiles, de massifs de *kimjongilia* et *kimilsungia*, d'une forêt de bouleaux et d'érables palmés, d'une rivière resurgie des neiges, tour à tour l'un et l'autre garçonnet malin, fougueux adolescent, homme réfléchi, sage grand-papa, été comme hiver, en temps de guerre comme en période de paix, bref nos deux néons des XXe et XXIe siècles sous toutes les coutures, tous les angles, toutes les postures, dans toutes leurs impostures, représentés avec ce réalisme-socialisme triomphant, pétant de faux-vrai et d'optimisme, qui refilerait le bourdon à n'importe qui… Non, pas un centimètre de mur pour autre chose qu'Eux-Mêmes ! Leur effarant nombril, leur « moi » totalitaire, jusqu'à l'éclat de rire, la lassitude, l'écœurement !

— Vous appréciez, monsieur Jean ?

Tant pis. Je m'attendais à autre chose qu'à ce fatras amphigourique : des paysages simples, des scènes villageoises, un peu d'impressionnisme à l'asiatique ou alors une influence chinoise et japonaise, pins graciles et nuages délicats. Voire une amorce d'art dégénéré, avec du dictateur détourné, colorisé, pixellisé…

Déjà, je suis dehors, gavé par ce réel obsédant. La lumière a mangé l'espace et dessiné avec l'ombre des arcades un damier parfait. La place est un Chirico où les volontaires occupés à balayer sont devenus des pions minuscules.

Je reviens vers la voiture où mes anges gardiens, contrariés par l'esclandre, tirent une mine épouvantable. On rédémarre en direction du Magasin n° 1. Batteries de frigidaires et de mixers chinois nous attendent. Il nous faut du manufacturé pour reprendre nos esprits embrouillés.

Clorinde portera l'estocade :

— Vous avez bien fait d'insister auprès de Monsieur Jean, ce musée valait *vraiment* le coup d'œil, monsieur Kim…

*

Mardi, encore. Cet archipel de papier est mon refuge. Je me cache derrière ces mots, mon secret, voyage fluide à l'intérieur du voyage entravé.

Où sommes-nous ? Sur cette autoroute à huit voies menant au barrage de l'Ouest, finalement accessible, ou sur les rives de cette île enchantée, dont les goyaviers ont un parfum qui « rappelle celui de lèvres à peine écloses » ? Les deux, mon génialissime. Mais, à tout prendre, aux ouvrages d'art, aux arches de la Réconciliation, aux héroïques cassettes vidéo à visionner dans des salles lugubres, où des dizaines de milliers d'ouvriers et des centaines de pelleteuses se jettent dans des épreuves de titans pour le compte des trois Ubu (assécher les marais, dresser des digues et des écluses, le monde humain devenu un fourmillement, pris dans l'étau des mots d'ordre, du plan, de la nécessité), je préfère ma ribambelle de rois nus, mes enfants princes qui jouent et se délassent, ces imberbes désinvoltes dans le jour permanent, couronnés de fleurs, habiles à la brasse comme à la danse, que d'autres enfants-papillons hisseront sur des palanquins de bambous pour rêver à la frange des cocoteraies – tandis que des pétales d'hibiscus sont répandus comme des traînées de sang sucré, et que la rumeur du récif nimbe chacun de son haleine salée.

D'ailleurs, entre deux escales, le souverain Média a renoncé à son rang, foin d'obligations et de convenances. Il a jeté sa tiare en murex et en cauris, son sceptre sculpté, son pectoral en os de raie manta, à l'exemple du narrateur, sa panoplie de Taji blanc. Etre roi ? Un demi-dieu ? Que tout est vain ! Soyons donc nous-mêmes, semblent répéter ces vagabonds des mers, c'est-à-dire mille fois cet étranger en nous que chaque île fait renaître différent. Oui, il y aurait un trésor dans la mobilité : accepter d'être cet autre recommencé en soi, qui épouse les variations de la géographie, le rêve et les contes d'un jour, lâche ses pesanteurs, l'histoire obligée, préfère à tout et à tous le vent, les diagonales, ce qui chante et danse, une transparence…

La pirogue a fondu au crépuscule. Déjà, ils ne se souviennent plus des isthmes et des courants vert pâle de tout à l'heure – faut-il pour être encore accepter de ne plus être ce que j'ai été ? Ils attendent les métamorphoses de l'horizon, ses possibles, les failles et les trésors. A l'aube, sur le miroir d'un lagon inconnu, imprévu, leur visage ne sera jamais plus le même.

Où est allée Yillah, étoile dans la nuit ? Peut-être dans l'île d'Ohonou, si luxuriante, où dans le chenal des surfers tatoués glissent sur des planches grossières et des rouleaux d'écume. On les entend crier de bonheur, poussés de l'avant, en équilibre. Et on a l'envie d'être avec eux. Irréels funambules. Sur la crête de l'instant.

*

Dès le début, je n'y ai pas cru. Trop beau. Trop léché. Si parfait. Au bout d'une allée cimentée et fleurie, il ne manquait qu'un peu de poussière, quelques vaches pensives dans le pré, un abreuvoir d'eau claire ou un tas de fumier frais pour que le tableau fermier prenne à Mangyong. Mais non, tout était faussement juste et propret dans cette prétendue maison natale du président Kim Il-sung, à douze kilomètres de la capitale.

Il s'agit de trois bâtisses modestes, aux murs de terre et toits de chaume, dont un des pans a été ouvert afin que l'on puisse observer à l'intérieur, comme dans une vitrine. Un cordon en interdit l'entrée mais on peut jeter un œil par-dessus : tous les outils de la ferme sont exposés par ordre de grandeur et les nattes roulées et lacées sur l'étagère ; des journaux d'époque ont été empilés ; des portraits de parents, retouchés et encadrés de bois vernis, décorent les cloisons. Devant, la cour est raclée. Mais ce qui surprend, c'est qu'il n'y a personne dedans et autour. Aucun champ en culture, aucune grange, nulle étable. C'est un décor « paysan » monté au milieu de pelouses immaculées, une sorte de bergerie à la Marie-Antoinette. Avec, judicieusement disposés, ce « Rocher-glissoir » où le président enfant aurait fortifié son corps, ce « Rocher-navire-de-guerre » où il échafaudera la stratégie de la Corée révolutionnaire, enfin ses coins à lui, un taillis à l'écart, une ravine entre les pins, cette colline-bélvédère au-dessus du fleuve où il aurait embrassé son destin, génie avant l'heure, météore sidérant. Plusieurs stèles glorifient ses prémonitions. On tourne autour, dubitatif, tout étant réglé comme sur du papier à musique.

Des délégations font le pied de grue pour la photo obligatoire. Des jeunes mariés aussi. Tout le monde s'est habillé, costume ou hanbok, pin's sur la poitrine, le site est d'importance. Chacun aura médité au préalable sur la calebasse, le chaudron, l'encrier, la houx et la hotte du patron. Et en sera ressorti plus convaincu du nécessaire recours aux sillons et aux travaux des jours, bluffé par l'étincelle qui a jailli, ici, sur cet humble terreau d'un univers juste.

Nous nous y plions. La visite amuse Clorinde par son kitsch.

— Comme le répétait le régime de Vichy, la terre ne ment pas, n'est-ce pas ?

— Encore moins la rizière, maréchal.

A peine entrés que nous sommes sortis. Fini. Au bas mot, la visite, prévue pour le matin, a pris trois minutes. Il est onze heures passées. Le soleil dore les herbes. Nous avançons sous les hêtres au-dessus du fleuve qui, en contrebas, creuse son méandre.

— Prenez tout votre temps, si vous voulez, même une promenade, suggère M. Kim.

Bien la première fois qu'il ne nous presse pas ! En fait, il y a un couac dans le planning, nous n'avons rien de prévu avant treize heures. Où devions-nous déjeuner ? En dehors de l'hôtel, dans un restaurant de brochettes, sur la route du retour, après le cimetière des Martyrs de la Révolution – cet impressionnant amphithéâtre creusé sur une colline plantée d'ifs noirs, où chaque héros a sa statue, entre lesquelles roulent des musiques graves et aériennes –, à cette idée les guides se faisaient une fête, ils mangeraient chaud et gras eux aussi. Mais ce n'est plus possible. Le cuisseau de mouton, tant vanté, n'a pas dû être livré et il manque dans le frigo. M. Kim 2 passe ses coups de fil. L'autre Kim se gratte la tête et sourit avec perplexité. Une onde de nervosité fait tressaillir sa jambe gauche.

— Du moment qu'on trouve de l'alcool de riz…

— La boutique aux souvenirs, non ?

Nous dédaignons les bouteilles d'eau Kangso, les fanions à agiter et les poupées folkloriques made in China.

— Et ce Bowling de la Ligne d'or, on pourrait faire un détour ?

— Trop loin. Fermé.

Enfin, preuve d'un grand désarroi administratif, nos guides nous lâchent près du belvédère.

— Une heure de libre, allez.

Ils ne savent plus que faire de nous, ne peuvent pas rebondir. Prendre l'estafette et rouler au hasard serait un danger (ont-ils l'essence pour s'écarter de l'itinéraire ?), nous déposer dans un second restaurant (une pizzeria, la première du pays, a ouvert sur la rive est, je désespère d'y aller) en serait un autre puisque nous ne sommes ni comptés, ni annoncés nulle part... Un accident, une rencontre, une discussion tournant mal, un contrôle, qui paie quoi, ils sont coincés. Ils attendent cet appel qui nous délivrera, eux comme nous, de la pantomime. Que se raconter ? Rien de plus. L'heure est à grignoter. Elle nous paraît indigeste, obscène. Il nous faut pourtant poursuivre, traverser ce moment qui pue la mort et continuer après. Plus bas, le fleuve Taedong passe, puissant, gris et chocolat en même temps.

Je me cale sur le banc de pierre, m'allonge tel un gisant capétien, bras croisés sur le ventre, je tiens dessus de tout mon long. J'oublie ce parc, je pourrais être ailleurs, dans un autre jardin, près d'un autre belvédère, j'ai effacé l'affligeante République populaire, les autres se sont volatilisés dans les allées, gentilles mécaniques. Je médite à la façon du Président, ça lui a réussi, je laisse venir les choses à moi, m'inscris dans le flux, coule avec ce qui s'écoule, la surface vibrante du fleuve, cette amorce de vent qui m'enveloppe comme un suaire, distribue des baisers sentant la tourbe. Quelque chose résonne, grenu dans l'air, peut-être l'ancre d'une barge remontée maillon après maillon. Somnolant entre les pins et les hêtres, je navigue sur mon esquif de pierre, m'aidant de ma pagaie invisible. Ma main retombe. Elle vient toucher l'épiderme du flot. Je m'endors.

Puis j'ouvre les yeux. Les aiguilles ont tourné. Je suis plus vieux d'une heure. Le vent a forci. Le bruissement des arbres a redoublé, et le ciel dégagé est une porcelaine. Il n'y a plus âme qui vive autour de mon banc mais je ne me relève pas, la tête me tourne, et j'ai la sensation délicieuse et terrible durant quelques secondes de ne plus savoir où et qui je suis, d'être devenu inconnu à moi-même, amnésique, dans le ressassement du vide, à cheval sur ce tout petit instant sauf mais incertain, et je me répète alors que, sans mémoire, sans futur, tombé de la machinerie générale, je ne vaux pas plus ou pas mieux à cet instant qu'un insecte accroché à sa brindille-radeau, ballotté par des flots inconnus, emporté vers ces massifs herbus et ces forêts de joncs, vers d'autres méandres, d'autres anses. Et que, peut-être, si c'était le même voyage que je poursuivais depuis des années sous différentes formes, j'en avais atteint cette fois la borne ultime, le début de la nuit, l'autre versant – comme la feuille de papier percée laisse affleurer le bleu-noir du carbone. D'ici, de mon banc de pierre, parmi des collines inconnues où montait un soleil acide, je ne pouvais maintenant que revenir sur mes pas…

*

Derniers jours. Pour l'Hôpital central, Clorinde a flanché. Il a préféré rester sur le parking, en compagnie de ses amis Jules Renard et Valery Larbaud, et me laisser arpenter les salles en compagnie du médecin, un type courtois, intelligent, la scripte et M. Kim, chacun d'entre nous ayant enfilé une blouse de praticien, une charlotte et des chaussons mous.

Au programme : la salle d'acupuncture électrique (des dizaines de patients en pyjama bleu clair, allongés sur le ventre, le dos bardé d'aiguilles reliées à des électrodes, qu'un mini-système branché sur secteur active), celle des ventouses (idem mais avec des flacons violets de la taille d'un verre Duralex hérissant la peau des types transformés en Martiens à cloques – *ne crains rien, nous venons en paix, ô Terrien, ce tintinnabulement est notre langage*), enfin la salle des cônes, poudres, essences et onguents, inflammables et enflammés, répartis sur le derme de ces messieurs-dames, certains crispés, la plupart stoïques en dépit des volutes de fumées qui montaient autour d'eux. On me rassura : ces techniques offraient de bons résultats. Avec des moyens rudimentaires, la plupart des malades rentraient chez eux soulagés. Depuis des millénaires, la médecine asiatique avait fait ses preuves…

Dès le début de ma visite, mes questions, une fois traduites par M. Kim, étaient prises en note de même que les réponses du médecin. Ce dernier reconnut que ces soins ne résolvaient pas tout, certes, mais que ses collègues opéraient aussi de façon classique les pathologies lourdes – sauf que les anesthésiques et les antibiotiques étaient comptés. Au terme de la visite, je remerciai le praticien et lui remis, préparés à l'avance dans un discret sachet, un kit chirurgical de secours (bistouri, fil à suturer, compresses antihémorragie, cathéter) et la totalité de ma pharmacie (chimique et occidentale), la plupart des médicaments de base étant introuvables ici. Il les accepta avec reconnaissance.

Pour le Salon floral, uniquement consacré aux *kimilsungia*, orchidée mauve, et aux *kimjongilia*, bégonia à fleur rouge, dont des dizaines de milliers de spécimens ornaient les murs et les plafonds (les parterres formant de mini-jardins garnis de figurines, grenouilles et oiseaux, disposés autour de fontaines en stuc, et par-dessus de portraits souriants de qui on sait), nous avons fait le service minimum. Un tour et puis ça y est !

Pour le musée de la Tapisserie, impératif, « là, ça me poserait des problèmes si vous n'y alliez pas », nous a avoué M. Kim qui nous sentait déjà rétifs, nous avons fini par lui saloper son truc, en bâillant à nous en décrocher la mâchoire, sans poser de question à la guide (vexée) qui trottinait devant puis derrière nous, on l'avait dépassée, au point que M. Kim prétexta une urgence… et nous sommes repartis sans transiter ni par l'atelier, ni par le salon d'honneur où nous attendait, sous un calicot orné d'une sentence du Président, le livre d'or. On nous appelait plus loin.

Pour le Palais des Etudes du Peuple, nous avons admiré les salles, les fresques, les escalators intérieurs et les trente millions de volumes, dont l'aile consacrée aux œuvres complètes de Kim Jong-il, cinquante titres traduits dans toutes les langues du monde, sous une belle reliure bleu clair, et nous avons eu un moment d'émotion lorsque, dans l'unité des langues étrangères, on nous a fait écouter sur un magnétophone à cassettes une chanson de Juliette Gréco, sa voix gouailleuse répétant dans la salle studieuse un *« Paris bandit aux mains qui glissent / T'as pas d'amis dans la police / Dans ton corsage de néon / Tu n'es pas sage mais c'est si bon »*, et nous fichant un coup de bourdon. Quant aux livres du département français, il nous a été déposé non sans fierté sur une table (conçue par Kim Jong-il en personne) un ouvrage sur la cuisine romande, un album à dos spiralé sur la botanique des Alpes, et un précis d'électromécanique pour les machines-outils, ce qui nous a peu servi.

Pour le Palais des Enfants, cinq cents salles en enfilade sur cinquante mille mètres carrés, par contre, on a joué le jeu. Et on a applaudi au spectacle des pionniers en uniforme à foulard qui, aux étages, dans les classes du centre d'activités extrascolaires, à mesure que nous ouvrions les portes, se mettaient par groupes de trente à jouer du violon comme Menuhin, à dessiner comme Raphaël (sur des feuilles A 3, au crayon à papier, une dizaine de dessins de nez ou d'oreille), à pratiquer du hapkido acrobatique ou du taekwondo, bref toute une gamme d'activités variées comme ici encore, à l'étage, du piano, du xylophone et du luth, là de la calligraphie, plus loin de la danse traditionnelle, chaque fois avec une ardeur et un entrain saisissants. Dociles, appliqués, ces mini-Kim étaient là bien sûr pour leur plaisir, avides d'apprendre à leurs heures de loisirs. Il n'empêche que, sitôt la porte close, la musique s'arrêtait net. Etait-ce du play-back ?

*

Finalement, ce matin-là, à quelques heures de quitter la RPDC, nous avons obtenu la permission de nous rendre aux Studios des Films de Corée. Faveur de l'administration ou imminence du pourboire de fin de voyage ?

C'est à l'extérieur de Pyongyang, à seize kilomètres, sur une colline, une mini-ville de plusieurs kilomètres carrés où chaque quartier reproduit les décors d'une cité étrangère. Pour les cinéastes locaux, inutile de sortir des frontières ! Ils ont tout à portée de main et dans le viseur. Et ils restent sous contrôle. La capacité de production serait de trente films à l'année.

Il a nous été possible de descendre et, accompagnés d'un autre guide, de déambuler entre les maisons, les bâtiments, les rues et les amorces de boulevards. La « ville » japonaise nous a retenus plus que les autres. Elle feint de dater des années quarante, et l'illusion est parfaite. Trois ou quatre rues se complètent : toutes ont des trottoirs, sont dotées de pylônes électriques, de feux de signalisation. Des magasins succèdent à des banques, des restaurants, un hall d'hôtel. Le cabaret est décoré de dragons en stuc. Le souci du détail a été poussé jusqu'aux plaques d'égout, aux affiches pour des spectacles – des histoires de guerre, de pirates, de cow-boys… A l'intérieur, les escaliers mènent vers des chambres garnies de lits et de rideaux, des salles de bains avec baignoires, des pièces meublées en enfilade – ici, un billard. Pour la « ville » européenne, on a même ajouté un lycée de style britannique, fronton palladien et briques rouges, chambres-dortoirs et salles de classe. Et, au flanc d'une colline, une dizaine de villas, genre chalet suisse, s'égrènent autour d'une église presbytérienne, d'un restaurant, d'un bar. Une équipe de tournage opère in situ. La scène de bagarre est reprise dix fois de suite. Nous ne nous attardons pas. Car nous avons demandé à visionner un film…

Nous voilà installés, Clor et moi, dans une salle de cinéma, enfoncés dans des fauteuils violines. Disparu derrière le faisceau lumineux, le projectionniste a enclenché sa machine. La pellicule n'est pas sous-titrée, le scénario confus – est-ce dû à une inversion entre les bobines ou à un montage d'avant-garde ? –, mais il s'agit d'un film d'espionnage : l'histoire de deux étudiants qui se sont aimés sur les bancs de l'université Kim Il-sung et qui, des années plus tard, devenus des scientifiques de haut niveau, se retrouvent dans un laboratoire ultrasecret. Or le professeur (cheveux en brosse, sourcils parfaits, complet clair) a un frère cadet qui est un espion à la solde des Japonais – ceux-ci, ricaneurs et cruels, ne sortent guère de leur Chevrolet. Et celui-ci entend soustraire à son aîné les secrets d'une invention nord-coréenne (elle se résume à une boîte, quelques formules recopiées sur des fiches, un objet de forme oblongue rappelant un godemiché) qui bouleverserait l'ordre du monde. La jeune chercheuse (yeux expressifs, bouche en o, blouse moulant ses seins) le découvre… Elle hésite. Il y a au moins une trentaine de coups de fil de l'un à l'autre (sonneries aigres, combinés en bakélite, cordon torsadé façon réglisse) et autant de rendez-vous dans des squares, le labo carrelé, le bureau du grand boss (cheveux ras, sourcils broussailleux derrière des lunettes d'écaille), un angle de rues où nous sommes allés quinze minutes auparavant. Mais la scientifique ne se résout pas à tout déballer. En plus, elle est trop timide pour lui avouer qu'elle l'aime toujours. Lui ne le voit pas, il est si beau, il allume une clope – quelle élégance avec ses boutons de manchettes ! –, il a tellement de travail, son invention à peaufiner, déjà une épouse (superbe, lasse près du frigo) qui ne comprend rien, et un vieux papa qui agonise sous le portrait du Leader dans une salle d'hôpital. Il a aussi ce crampon de frère, tiens, on apporte un message de lui, que veut-il ? Dilemme ! La jeune femme doit-elle prendre le risque de dénoncer l'affaire ? Son professeur chéri serait éclaboussé par le scandale, jeté dans un camp pour complicité – et elle aussi. Ou faire justice elle-même en empêchant le (futur) beau-frère de nuire ? Et si l'affreux frangin revenait à la raison grâce à quelques maximes bien frappées du Juché ? Fallait y penser… C'est filandreux, très long. Le mot FIN qui finit par tressauter à l'écran nous délivre. Nous sortons dans la lumière, ravis et hébétés de nous retrouver parmi ces décors que nous venons de voir sur la pellicule et que le vent fait siffler.

M. Kim nous cueille comme deux fruits trop mûrs. Nous saluons je ne sais qui d'important – le cinéaste en personne ou un administrateur ? – qui nous attendait près des bureaux vitrés (nous n'aurons compris ni son nom, ni ce qu'il nous a dit), un type long au visage grêlé, portant un costume pin'sé, il nous a serré la main, nous lui avons avoué à tout hasard que les scènes étaient merveilleusement jouées, nos Kim buvaient du petit-lait, touchés par tant d'honneurs et d'à-propos, avant de repasser la guérite de contrôle, abandonnant au premier virage ces rues factices pour retrouver les vraies, enfin presque, ces voies lunaires, sans beaucoup de voitures, avec leurs fliquettes aux croisements où chaque feu est éteint, et leurs passages à piétons sans piétons, cet espace nu et large, bétonné et vide, ponctué de lampadaires comme autant de grands gibets de fer – Pyongyang-City en dehors du temps commun des hommes et, paradoxalement, pressée, minutée, essorée, éteinte. Et nous dedans comme dans un mauvais film. Personnages sans vrai scénario.

*

Il faut nous dépêcher : notre avion est prévu dans l'après-midi. Depuis la veille, M. Kim s'est fait tout miel. Désormais, j'ai une certaine tendresse pour cet apparatchik de mon âge qui, à l'évidence, même s'il reste convaincu de son choix, fait tout, lui aussi, pour survivre à ce régime hypnotique. Il nous dépose à l'aéroport, où nos passeports nous sont rendus. Sur le parking, nos sbires nous font de brefs adieux. Aucun signe d'émotion. Juste une fébrilité. On échange de (fausses) adresses et de rapides poignées de mains avant de leur glisser quelques dizaines d'euros. Remerciements. Courbettes. Je leur aurais bien abandonné un paquet d'affaires – une paire de chaussures, deux chemises, des produits de toilette –, mais j'ai craint de les vexer. Prudent, Clorinde promet un envoi de livres français, des classiques – leur parviendront-ils ?

Allez, le voyage s'est déroulé sans encombre, j'ai de quoi écrire mon article, personne ne s'est douté de rien, enfin, j'ose le croire, mais quelque chose me pince le cœur, je ne reviendrai plus ici, je ne reverrai jamais ces trois Kim, ce n'était pas de méchants bougres, je les laisse survivre dans cette contrée de cinglés et de tortionnaires, qui sait s'ils n'auront pas d'ennuis à cause de nous…

Toutefois, dès que nous avons franchi la douane, que nous avons pénétré dans la zone internationale (une salle vitrée, quarante sièges thermomoulés), c'est comme si on nous avait retiré un poids invisible, que nous échappions brusquement au tempo obligatoire, à l'horlogerie collective. Mieux, n'ayant plus nos sbires à nos basques, nous nous surprenons à déambuler comme bon nous semble, ici, là, à trouver tout croquignolet dans cette aérogare qui résonne et ressemble décidément à une station d'autocars désaffectée. Comme si tous les masques étaient tombés, que la pièce était finie, on voudrait maintenant trouver une boutique à souvenirs pour acheter un tee-shirt à l'effigie de Kim Jong-il et des magnets de la Tour du Juché, avec son oriflamme d'intelligence.

Nous embarquons à la minute près – il n'y avait qu'un avion sur le tarmac et il était pour nous.

Le Boeing d'Air China, à destination de Pékin, effectue son roulage jusqu'en bout de piste. Trente-cinq passagers occupent les rangées et il me plaît d'entendre, de ce côté-là des hublots, le rugissement des réacteurs. La masse grise de Pyongyang s'efface et le fleuve Taedong s'est évanoui entre les collines – déjà, il n'est plus qu'un serpentin de boue.

Quelque chose chavire. Le ciel a submergé l'habitacle. Nous volons au-dessus d'un tapis de nuages duquel émerge un château de gaze éphémère. Nous avons quitté la Corée du Nord, oublié nos mille kilomètres en voiture sur la terre d'en bas, et c'est maintenant que mes frayeurs, petites et grandes, reviennent, que les événements se concrétisent. Ai-je pris des risques, en ai-je rajouté ? Jusqu'à quel point ai-je été confondu, épié ? Nous ne sommes plus ce que nous fûmes, tant pis, tant mieux, filons, filons, libres, dans cette carlingue qui ronfle de vitesse. Je ferme les yeux, je laisse les minutes s'enchaîner, se dissoudre, m'emmener ailleurs. J'ai englouti la barquette de poulet sauce aigre-douce et la mignonnette de vin rosé. Peu à peu, la chaleur m'engourdit. Un exemplaire du *China Daily* déplié sur ses genoux comme une couverture, Clorinde s'est endormi le premier. Alors un sommeil énorme me terrasse aussi et je suis comme une pierre jetée dans la mer profonde. Faut-il rire ou bien pleurer ?

PETITE BIBLIOTHÈQUE NORD-CORÉENNE

Des idées du Juché, de Kim Jong-il, éd. Pyongyang-Corée, 1982.

Les Personnages et les acteurs, de Kim Jong-il, éd. Pyongyang-Corée, 1987.

Les Aquariums de Pyongyang, dix ans de goulag nord-coréen, de Kang Chol-hwan, éd. Robert Laffont, 2000.

Corée du Nord, Etat voyou, de Pierre Rigoulot, éd. Buchet-Chastel, 2003.

Au pays du grand mensonge, de Philippe Grangereau, Petite Bibliothèque Payot, 2003.

Pyongyang, de Guy Delisle, éd. l'Association, 2003.

Kim Jong-il, dictateur nord-coréen, de Michael Breen, éd. Saint-Honoré Média, 2004.

L'Autre Pays du matin calme, de Barthélemy Courmont, éd. Armand Colin, 2008.

Vies ordinaires en Corée du Nord, de Barbara Demick, éd. Albin Michel, 2010.

La Race des purs, de B. R. Myers, éd. Saint-Simon, 2011.

Des amis, de Baek Nam-Ryong, éd. Actes Sud, 2011.

Femmes de dictateur, tome 2, de Diane Ducret, éd. Perrin, 2012.
Rescapé du camp 14, de Blaine Harden, postface de Pierre Rigoulot, éd. Belfond, 2012.

Du même auteur :

Chez Grasset

VILLA ZAOUCHE, 1994.
TOUT EST FACTICE, 1995.
MISSION AU PARAGUAY, 1996 ; La Petite Vermillon, 2009.
LE FILS DU FAKIR, 1998 ; Le Livre de Poche, 2001.
JE SUIS DANS LES MERS DU SUD, *sur les traces de Paul Gauguin*, 2001 ; Le Livre de Poche, 2013.
LA CONSOLATION DES VOYAGES, 2004 ; Le Livre de Poche, 2006.
IL FAUT SE QUITTER DÉJÀ, 2008 ; Le Livre de Poche, 2009.
LE DERNIER ROI D'ANGKOR, 2010 ; Le Livre de Poche, 2011.

Au Dilettante

ZONE TROPICALE, 1988 ; 1999.
TRISTE SIRE, 1992 ; 2012.
LES BEAUX HORIZONS, 1997.
SUITE INDOCHINOISE, 1999 ; La Petite Vermillon, 2008.
LE GOUVERNEUR D'ANTIPODIA, 2012 ; J'ai Lu, 2013.

Chez d'autres éditeurs

CAPITAINE, Flammarion, 1991.
AFFAIRES INDIGÈNES, Flammarion, 1992.
MARDI À PUERTO-AZUCAR, Les Équateurs, 2005.

PAPIER À BASE DE FIBRES CERTIFIÉES

Le Livre de Poche s'engage pour l'environnement en réduisant l'empreinte carbone de ses livres. Celle de cet exemplaire est de :
250 g éq. CO_2
Rendez-vous sur www.livredepoche-durable.fr

Composition réalisée par FACOMPO (Lisieux)

Achevé d'imprimer en février 2014 en France par
CPI – BRODARD ET TAUPIN
La Flèche (Sarthe)
N° d'impression : 3004196
Dépôt légal 1re publication : mars 2014
LIBRAIRIE GÉNÉRALE FRANÇAISE
31, rue de Fleurus – 75278 Paris Cedex 06

31/7479/4